大地辽阔

马建荣 ◎ 著

图书在版编目(CIP)数据

大地辽阔/马建荣著. —福州:海峡文艺出版社,2025.1
ISBN 978-7-5550-3856-6

Ⅰ. I227

中国国家版本馆 CIP 数据核字第 2024Y5A572 号

大地辽阔

马建荣 著	
出 版 人	林 滨
责任编辑	林可莘
编辑助理	陈泓宇
出版发行	海峡文艺出版社
经 销	福建新华发行(集团)有限责任公司
社 址	福州市东水路76号14层
发 行 部	0591-87536797
印 刷	福建东南彩色印刷有限公司　邮编　350008
厂 址	福州市金山浦上工业区冠浦路144号
开 本	880毫米×1230毫米　1/32
字 数	230千字
印 张	10.25
版 次	2025年1月第1版
印 次	2025年1月第1次印刷
书 号	ISBN 978-7-5550-3856-6
定 价	68.00元

如发现印装质量问题,请寄承印厂调换

与光阴言和

——读马建荣诗集《大地辽阔》

邱华栋

光阴按照自己的速度和节奏前行，无人能勒住它前进的步伐。而一个懂得与光阴言和的人，必然晓得拿捏取舍——所有过往皆为序章，在与时光共进中，该撷取生活中的浪花就撷取，该遗忘的就遗忘。

诗人马建荣就是这样一个懂得与光阴言和的人。他在忙碌的生活中，将人生中的所见所闻所感，有选择地凝聚成诗行，印刻在一个个平凡又难忘的日子里，呈现出一幅幅生动的生活场景、自然景观和用跳跃思维勾画的诗意画卷。从他的诗作中，我们得以窥见一位诗人如何在时间的流转中寻找自我、理解世界，并与之和解的节点和轨迹。

在阅读《大地辽阔》的过程中，我发现作者在每一首诗作的后面，均落有写作日期，这是时光的见证，也是岁月瞬间的定格。这本诗集收录的是诗人马建荣在 2010 年至 2020 年的诗作，十年辛苦不寻常啊。从这一细节中，不难看出马建荣对时光的敬重，体现了他懂得且十分愿意与光阴言和，且想以诗篇留驻光阴，定格生命的一个个瞬间。

我了解到，马建荣是一位从闽西土地走出的诗人，他的身份和经历丰富多彩，从军旅到政界，再到学术和文化领域，每一步都沉淀在他的诗歌中。丰富的生活阅历，不仅没有消磨掉他对美的发现能力和敏感度，反而增强了他从生活中发现诗歌之美的动能，因而才有了这一本大气爽朗、风格突出的诗集。

这部诗集分为四辑——"苍穹之下""大地之上""天地之间"和"远在远方"。从小辑的标题来看，马建荣有着宏阔的空间感和俯仰天地之间的豪迈与深情。这本诗集中的每一辑都是他对生命、自然、宇宙、人性的深刻探索和诗意表达，每一首诗都蕴含着诗人对不同层面世界的独到见解与深情厚谊。从天空的辽阔无垠到大地的厚重深沉，再到天地间的微妙互动，直至心灵深处的遥远憧憬，诗人以细腻的笔触勾勒出一幅幅生动的生活场景。

马建荣的诗，多以短章呈现，形式感很简洁但内在的气韵丰沛，有着一种独特的语调和韵律。他的诗歌风格朴实且不乏精巧，搭建起一座连接天地、沟通人心的桥梁，引导我们在繁忙与喧嚣之中，找到一片让心灵栖息的净土。如《落叶》："风中飘摇的那片落叶/在下一刻擦肩而过/金黄的艳丽让你睁不开眼/它轻轻坠地也有金子般的重。"生动描绘了落叶的美丽与可贵——"化作春泥更护花"，让人感受到季节更迭中的宁静与深远。他在《云只待在高处》中写道："云只待在高处/云将天空变得更低//阳光也只是让云呈现/本来的白。"云朵高悬，象征着一种远离尘嚣、超然物外的境界，表达了诗人对自由与超脱的向往，引导读者思考生活的本质。

在诗歌创作中，马建荣对自然的描写，与中国古典诗人有着相似的传统。在他的笔下，每一片叶子、每一滴雨水都被赋予了生命和情感，仿佛它们都在诉说着自己的故事。这种风格不仅体现了作者深厚的传统文化底蕴，也展示了他在探索诗歌新路径上的勇敢尝试。

如他在《水中捞月》中写道："我从内心出发，影子却困在原地/当我一伸手，自己都不见了踪影。"这与李白《静夜思》中的"床前明月光/疑是地上霜"类似，都有对自我与自然关系的探讨。诗句探讨了自我意识与外部世界之间的关系。诗人通过"水中捞月"这一传统意象，表达了个体试图抓住某些东西时所面临的无力感。这不仅是对个人存在状态的一种反思，也是对人类普遍处境的一种隐喻。而如前"金黄的艳丽让你睁不开眼/它轻轻坠地也有金子般的重"的诗句，则让人联想到杜甫的《秋兴八首》中对自然景物的描写，它们有着异曲同工之妙——都传达了诗人对生命、时光和人生深刻顿悟之后的感慨。

诗歌哲理对现实生活的意义是多维度的，它以独特的艺术形式渗透进我们的思想、情感和行为中。马建荣的诗歌中不乏蕴含哲理之作。他的《救世主》："请把每一个人送上太空之空／赐予他救世主的身份／请以太阳神的能量给他光明／用圣婴之手，擦拭他被蒙蔽的眼睛。"充满了对人类理想状态的追求和对救赎的渴望。诗人通过"太空""太阳神"等意象，表达了一种超越现实的美好愿景，希望每个人都能在世俗状态中获得光明和新生。这种表达方式既富有诗意，又蕴含着深刻的哲理。

"你梦见湛蓝的湖沼／粉红的玫瑰欢快地游乐／深陷其中，你拔不出轻薄的头颅和思想／看不见的池底全都是刺。"《失乐园》中的诗句通过对梦境的描绘，反映了现实生活中人们对于美好事物的向往以及随之而来的困惑与挣扎。诗人还通过对比鲜明的色彩（湛蓝、粉红）来增强视觉的张力和诗性的冲击力。

《大地辽阔》中不乏对个人情感的表达，尤其是对家庭、亲情的回忆和思念。在《父亲》这首诗中，诗人写道："父亲走在乡村小学的路上/越过那些昆虫和野鸟/它们认得出父亲/也熟悉他作业纸卷的烟草味。"诗人用简单直接的语言描绘了父亲的形象和日常生活，这种朴实无华的语言让人感受到一种真挚的情感和生活的真实。

马建荣的诗歌不只表达自我的内心情感、心路历程，也有不少反映家国情怀的篇章。《国庆。每一寸山河》这首诗以国庆日为背景，通过在办公室值班的场景，将个人的工作与祖国的山河紧密联系在一起。诗人用"有一寸山河我在值守"表达了自己对祖国的责任感和使命感。诗句"先烈们用鲜血和生命铸就的墓碑／是他们最后的一寸山河"，表达了对先烈的敬仰。而"你怎样，祖国就怎样"，则强调了个人与祖国的紧密联系。《莲花一支枪》这首诗，以独特的视角诠释了"枪杆子里面出政权"的深刻含义。诗句"农民贺国庆以家人之血/在枪身刻上自己的名字"，生动地描绘了革命先辈的英勇事迹，传递出对革命先烈的敬仰和对民族精神的传承。

在诗歌语言的驾驭上，马建荣善于运用自然景观、历史典故、神话传说等元素作为诗歌的意象，这些意象不仅生动形象，而且富含哲理，饱含情感，引导读者进行深层次的思考。如"白云""大海""树叶"等，作为情感和思想的载体，使诗歌具有鲜明的画面感和深邃的内涵。

诗歌对人性的探讨是多层次、多维度的。马建荣的诗常常通过对自然景象的描绘，引发对人生、爱、时光和梦想等主题的深入思考。他的诗歌是对时光的深情告白，是与光阴言和的结果，也是对生活的深刻洞察，值得我们细细品味。这本诗集也因此成为精致的时间容器，映射了一个大时代里一位优秀诗人的心灵投影，呈现了诗歌与生命相遇瞬间的灿烂风景。这一风景，在这本诗集中向我们扑来。

2025年1月

（作者系著名作家、评论家，中国作家协会副主席）

目　录

第一辑　苍穹之下

大地垂怜	3
大地在沉寂之前落下了泪	4
光芒	5
光阴	6
黑暗像慈祥的天父	7
黑暗之斑	8
恍惚	9
回不去的时光	11
镜中人	12
九月	13
救世主	14
空荡荡的路过者 ——读马莉油画有感	15

老城墙	16
老虎	18
雷阵雨	20
凉	21
落叶	22
每一片树叶都藏着风声	23
明媚的春光夺去你的思想	24
命运	26
那个借我光阴的王	27
你是今夜唯一的夜盲人	29
七月上	30
七月最后的一天	32
如果天亮不曾迟到	34
失乐园	35
十二月的陈词	36
十一月的晨曦	37
守望	
——题写吴丽娜同名摄影作品	39
书中风云	41
书桌之上，幽兰静默	43
水或洪荒之力	44
水中捞月	45
所谓情人节	46
所有的雨水都有理想	47
所有人都找到了自己	48

坍塌
　　——为陆地《憨熊云图》而作　　49
退回到日出的地方　　50
我看不见风　　52
我看见了光　　54
我没看见的，它都看见了　　55
我所叙述的生活　　56
午后　　57
虚度　　58
雪，落在北京　　59
雪让世界重新开始　　60
夜里始终听见一种鸟的叫唤　　61
一个词的隐喻　　62
一片树叶足以抵上生命的高度　　63
阴沉木　　64
阴雨连绵或死亡的气息　　65
鱼儿在天空中飞翔　　67
雨落情人节　　68
雨落无声　　69
雨水中树枝低垂　　70
云只待在高处　　71
在大树底下思想　　72
在离神最近的地方　　73
在秋天　　74
在雪中飞起来　　75

在众神看管的山上	77
掌灯人	78
中年夏至	79
昼夜	80

第二辑　大地之上

桃花运	83
洋顶崇	84
茫荡山	85
淮海中路	86
它有寂寞，也有好奇	87
那个一早出门的人	88
冬日有恙	89
大暑词	90
大梦书屋	91
福州的春天	92
2010，邵武，邵武	94
迎新帖	96
长沙村意象	97
大雪	98
做一个侍弄花草的人	99
小雪2020	100
秋色赋	101
半月里的老榕树	102

寒露词	103
秋分	104
在半山村筑梦	105
母亲的半山村	
——写给"旅长支书"林上斗	106
白露是你一再表白的小情人	107
我的内心突然暴雨如注	108
春天	110
庚子惊蛰	111
跆拳道	112
无数双眼睛穿透了汉江的白昼	113
溪水谣	115
小寒	116
万物重归于好	117
对细小和过往,保持一种敬畏	118
盗火者	120
逆行者	121
大寒	122
在西天尾	123
元旦辞	124
冬日火焰	125
小雪	126
芦苇词	127
霜降	128
寒露	129

白露	130
梦也不可贸然进入的秘境	
——为张剑峰摄影作品而题	131
大暑	132
茶山中唱歌的人	133
四月，莺飞草长	135
让白云游动	136
微笑	
——张永海《猪事大吉》画作写意	137
秋	138
天空搬来云朵	140
鼓岭的风	141
台风玛莉亚	142
黄洋界	143
莲花一支枪	144
我窗外的鸟儿们	
——临别兼赠中井院和师友们	145
瑞金：叶坪红军广场	146
牺牲者	
——兼赠红军烈士遗属池煜华	147
烈士，或红色家书的隐喻	148
于都，于都	150
当我来到莲花	152
清明	153
桃花开了	154

一片桃红陷入一个春天	155
惊蛰	156
立春辞	157
阳光照亮老屋	158
莫兰蒂	159
中秋	161
长安街	162
立秋	163
时间来到这个灿烂的早晨	164
太行山下	
——题赠吴敏太行山写生画	165
那时的桃花	167
七月,金陵细雨	168
在李岳	169
在风雨中塑造	170
台风或台风前后	171
天上人间	
——武夷山写意	172
天空更蓝	173
小荷	174
梅雨	175
芒种	176
端午	177
荷花	178
岩骨花香	179

小满	181
木棉花	182
桃花里的春天	183
厦门湾南岸拾零	185
汀州意象	189
阳光的芳香是你的	191

第三辑　天地之间

9月1日，秋	195
搬不动的思念	196
藏在春天的快乐	198
茶香	199
茶遇	200
初夏的事	201
春日清晨的喧嚣	202
春天就像失散多年的亲人	204
春雨滴答响	205
大爱闽江源	
——福建省统一战线2010抗洪救灾颂	206
大寒之后	208
恶之花	209
儿童节，今天有雨	210
父母国	211
感冒记	212

国庆。每一寸山河	213
回乡	214
江山美人	215
今生此刻	216
旧书柜	217
六月流火	218
路过校园	219
梦乡	220
母亲	221
那么多的笑脸	
——写在女儿幼儿园毕业典礼上	222
泥土	223
女儿的春天	224
女儿发烧记	225
七夕情人节	226
去石圳看廖俊波	227
日常	228
史蒂芬·霍金	229
水做的时光	231
她们是我的孩子	232
我带家人去看海	234
我的生日	235
我和我的祖国	236
我看见青布衫	237
我似乎在夜里梦见了你	238

夏燥	239
小木屋	240
遥望	241
一朵不在春天的花儿	242
一个人的广场	243
一个声音呼喊着您的名字	
——为中国共产党成立九十周年而作	244
一种乡音是一道弯	246
有风把羽毛吹乱了	247
雨水正路过我遥远的家乡	248
遇见	250
遇见羊	251
阅读	252
周六下午在至圣书院看书	253
祖国呵,我在十月为您歌唱	254

第四辑　远在远方

父亲	259
捉迷藏	261
过年的时光	263
我愿意您一直为我担心着	264
我深信	265
痛	266
送别父亲	267

谁能替我给父亲添衣裳	268
门前的树叶开始枯黄	269
父亲的名字	271
父亲不见了	272
昨天的悲伤和今天的悲伤连在一起	273
似曾相识的鸟鸣	274
天塌了	275
让雨回到雨中	276
我在又一个春天想您	277
来不及止住时光	
——写在 2017 年最后一夜	279
爱一个人,埋在心里	280
每一瓣花都是春天咳出的血	281
雪和思念在年关开始瘦弱	282
父亲,我们骗了您	284
父亲把我丢在了阳光里	285
父亲一直走在大山之间	287
父亲看见了初冬的暖阳	289
七日	291
祭父词	293
爸爸,我们就此分手吧	294
回家	296
这个四月是多雨的四月	298

附录

请给他天使的一根肋骨
　　　——读马建荣诗集《大地辽阔》　**胡茗茗** 299
统驭意象的诗者
　　　——马建荣《爱情或颂歌》序　**孙绍振** 303
探索者的进展　　　　　　　　　　**孙绍振** 307

第一辑

苍穹之下

坍塌的岸边,曾经醒着
爱情的花树返回春天
灰白的天空天使在堕落

苍穹之下,海阔天空
后退十步,乌鸦的悲鸣仍在你的耳旁

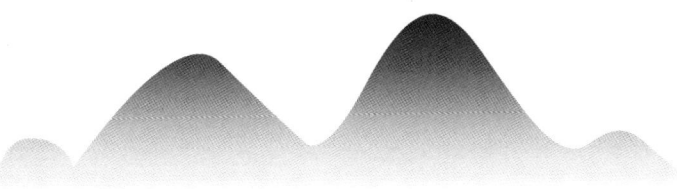

大地垂怜

当神收走苦难
化身赤脚负薪的女子,行走四季
时光呈现一枚硬币的两面

风雨之后,麦芒留住阳光
替上天照看这个世界

众神狂欢,大地垂怜
每一个灵魂,都必须承受一份磨难
为自己也为苍生拯救人间

赤脚负薪的女子
泪流满面

2020年8月22日

大地在沉寂之前落下了泪

大地在沉寂之前落下了泪
我苍白的诗句,像断线的雨滴
已无法慰藉千疮百孔的天幕

有的黑暗我看不见
只有大地和诗人深知
有的黑暗,在黑暗之前已经黑暗

沉寂之前,大地和天空给夜莺
留下了唯一的歌喉,它只唱给夜晚

2019 年 12 月 27 日

光　芒

我热爱的光芒,来得真早
它们有些是大地的呼吸,来自盛夏的清晨

夜鸟的啾鸣,回放梦中的淡定
灵魂在下一刻涤清
如果放下,我们热爱的光芒
我们必将看见,它将照进每一个心灵
把卑鄙的龌龊的丑恶的那些带走
不留下一丝痕迹,在明天的清晨
思想的云彩,在遥远的远方翻滚

我热爱的光芒,让我热爱
2010年的夏天,是否一定热气蒸腾

2010年7月2日

光　阴

光从一个背后绕过来
遥远的事物因此清晰而美丽
细节像女子一样，展示她的魅力
往日是一部真正的旧皇历
有悲有喜，被回忆逐渐连接

光阴就是事物的两面
就是白昼
或是白日里无谓的匆忙
和夜里安静的睡眠

下一秒，光阴
在一片树叶中迅速转换
我眨了眨眼，以一杯茶的深度
静待世界

2016 年 7 月 20 日

黑暗像慈祥的天父

停电了，黑有蔓延之势
一些事物逐渐清晰了起来
一些情绪也得到了释放
在暗黑中慢慢蔓延开来的
还有积蓄多年的时间之垢

低眉顺眼的文字开始在书中跳跃
"与黑暗交流，必须有安静心"

像哀伤的马儿，远方的人
在下一个黎明之前
逃离了曾经杂草丛生的心田
黑暗像慈祥的天父
把许多的美好，还给了细小的生命
比如蚂蚁蚊蝇或者
安睡中的小蜜蜂

2018 年 11 月 20 日

黑暗之斑

淬火者抱起了一根木头
叫龙眼木的木头,有时光之眼
看得见岁月和物候的光
一片树叶,在掌心被仔细展开
炭木的火焰,以灼灼之躯
留下了淬火者的悬念

黑暗之斑,空出一条细密的纹路
在青苔和百年古树的枝干之间
只给一个懂的人,独自通行

一个内心始终淬火的人
甚至带来致命的芳香,火焰
只在你的眼眸,呈现黑暗之斑
以印证一片树叶的涅槃

2019 年 11 月 11 日

恍　　惚

在疾驰的火车上
看见，窗外的物件
——离我而去
是它们，让我想到
时间是个顽皮的孩子
总让我一会儿向东
一会儿向西

站在苍穹之下
天空是我唯一甩不去的
这注定是上帝的眼睛
无时无刻不在关照我
哪怕在梦里
也将告诉我真理的思想

光明和黑暗轮流执掌着世界
川流不息的河流
绕过许多山岗
经年累月的风却令人不安

没有一片树叶可以带走
你脚下的立锥之地
以及你的惴惴不安

    2015 年 10 月 16 日北京—福州

回不去的时光

在酷热的日子
喂养一群看不见的虫子
在每一个路过者的心窝
让血液的河流澎湃汹涌

天地之间,人间疾走
步履匆匆总想追赶什么
许多时候,天上的云朵心事重重
雨水落下,还能重返天堂
汗水滴落就回不去了

日出日落,与水相融的
唯有木质的茶香
但在今夜,午夜过后
所有的梦想都将悄无声息
再也回不去的,还有儿时的故乡

2018 年 7 月 28 日

镜 中 人

企图找到一个入口,之后
从镜中取一粒火种。这并非易事
似是而非的你,一直盯着你
从里到外
"是你的,终究是你的"

像蒙面的纵火犯,你点燃欲望之火
镜中人目光如炬,看穿这场阴谋
你的双手有拔节之痛
森林将毁,你与自己紧张对峙
无数的出口,无限拉长你的黑影
戴罪之身,已无处可逃

2019 年 11 月 25 日

九　月

大鲸在上升,不断地上升
搅动的世界,五味杂陈
每一本书,都可以看到安静
可以看到更多的动心
九月即将离开我们,也离开书本
记忆多像泡沫,时刻在身边
翻腾,或者消失。亦像梦里的呼吸
不觉间,如大鲸在上升
不断地上升
大海沉静。每一颗星星
都在大海深处,心无旁骛地
安顿自己

每一个婴儿,都在十月的大海
找回天使的自己

2020 年 9 月 29 日

救 世 主

请把每一个人送上太空之空
赐予他救世主的身份
请以太阳神的能量给他光明
用圣婴之手,擦拭他被蒙蔽的眼睛

然后请给他天使的一根肋骨
沾上我生命的最后一滴血
为他身下的这个星球画一个护身符
并为每一个依附其上的灵魂
救赎

轮回,在流星的返途中迅速抵达
最后一个象征之词
被心中的王,脱口而出

2016 年 12 月 2 日

空荡荡的路过者

——读马莉油画有感

那些云彩的情侣
在时间的空洞里战栗
是谁,把灵魂留在了暗处
当我路过,漫天的风声骚动
它们以十指撩拨我裸露的肌肤

我是空荡荡的路过者
最后一阵嘈杂的脚步声
将我不断堕落的思想瞬间席卷
我空荡荡地路过
只向一棵树表达敬意

世界在一个节点突然荒芜

2010年10月9日

老 城 墙

他是安静的,我看见他的时候
他沉默着,一言不发
就连身旁的小草也傲然挺立
老城墙的老只是在守
就像智者,矢志守住一世独立的思考

(没看见的时候,老城墙依然在蹲守
该是多么庄重的承诺
一守千百年
风雨不改白昼无变)

他是安静的,金戈铁马已经远去
一骑红尘封存内心
老城墙,你是我用一生的修学
都打不开的书本
你在每一个时刻都盯着我的脊梁

面对你,世间万物
低下高贵的头颅

我将耗尽我今生的所有
学会敬畏和静默

2016 年 7 月 3 日

老　　虎

没事的时候我在心里养老虎
一只在老家的西厅纳鞋底
一只在晌午的树荫下养身体
没事的时候它们在笼子里
相敬如宾，相互嬉戏

没事的时候我学慈祥的老祖母
蹲在地上，耐心地教老虎数星星
多少次我按住胸口
让它们各自安好，并熟悉天气

无常的天气总让它们烦心
阴晴雨雪，风霜雷电
一遍遍袭扰老虎的瞌睡
更多的时候它们紧张而羞怯
像两只乳房死死抓住我

路旁突然蹦出一只小白兔
心里的那只老虎

惊悚地蹿上树,再也下不来
再也找不到归心的路

       2016 年 7 月 26 日

雷 阵 雨

四月的午后，雨水替我们着急
把我们从空旷之地，赶往各自的归宿
从四面八方，赶往同一个遮蔽之所

四月的午后，雨水替我们赎罪
让海鸟和飞虫重回狂欢的自由
雨水替我们洗刷尘世
也洗刷内心藏匿的污秽

四月的午后，雨水替我们重生
竭尽心力用急切的鞭子
连珠炮似的抽打我们，让万物欢欣
让我们看见

阳光下仓皇溃败的末世的自己

2020 年 5 月 3 日

凉

不要在一阵风中叫我的名字
也不要在秋雨之夜
许下那个明月之愿

去年的鸟雀不知栖在何处
门前的松鼠将为充沛的雨水
一夜无眠
那也仍然不要在一阵风中
轻易地叫我的名字

如果你来了，请随手拾取一片树叶
在一块石头上端坐好
你心静如水，这有多么美好

凉风有信，风月无边
你始终没有
在一阵风中叫我的名字

2016 年 9 月 12 日

落　　叶

秋风在夜里磨砺了锋刃
突然的疼痛,像麦芒
扎进所有路过秋夜的人

风中飘摇的那片落叶
在下一刻擦肩而过
金黄的艳丽让你睁不开眼
它轻轻坠地也有金子般的重
让树木和大地一阵战栗

想起落叶飘零这个词语
突然在夜里就瞟见了风吹草动
最后一片落叶风一样地黏住了我
我终于分不清是凉还是冷

2016 年 9 月 12 日福州金山海悦

每一片树叶都藏着风声

四月西溪,水面掠过一缕鸟鸣
清晰的弧线,高于想象

而花枝乱颤,惊醒一片树叶
鸟栖岸柳时
它开始一生中唯一一次的坠落

(一次不合时宜的翔舞
多么惊世骇俗)

眼下,溪面波澜不惊
你死命按捺住
咽喉里千军万马的欢腾

2018年4月13日

明媚的春光夺去你的思想

阳光已经明媚,暖暖地打开一窗风景
有几只白鸟在山水之间
只为打动你寻觅的视线
以优美的姿势肆意飞翔

应该是白鹭,它们深知
你惊扰不了它们
山水是你的,更是它们的

远处的山被阳光普照
懒洋洋地静卧着
更远的山脉也静卧着沐浴着阳光

阳光微醺了你的目光
你也只想静卧着
在太阳下放弃一切思想

山水之间,唯有风光
明媚的春光让时间静默

它们一再夺去你诗意的思想

2017年4月30日福州溪山

命　　运

福建黑马对着星空石头剪刀布
星空变换着图景应和着
神说：苍天啊大地啊，变幻莫测
江山啊美人啊，稍纵即逝

天地之间，父母为大
生死之间，命运为大
你以此生的所用也赢不了自己
唯有放下，你才看得清自己的足迹与身影

2017 年 5 月 31 日

那个借我光阴的王

那个叫作青年的日子
远远地把你甩在了后面
父亲心头的针尖,已穿不过你思念的线

那个叫作青春的女孩
曾经不断抖动的马尾巴
只给你暗影而不再是暗喻
暗下来的却还有母亲孤独的黄昏

那个上山打虎的兄弟
躲在五月四日前夜的角落
一根一根独自数着早生的白发
然后在一声干咳之后掐灭自己

那个借我光阴的王
已经被你写进潦草的诗行
在每一个睡眠不好的夜里
你只是一遍遍地提醒自己
明天一定要告诉亲爱的女儿

请关注诗歌花园里冉冉升起的太阳

2017 年 5 月 4 日

你是今夜唯一的夜盲人

面对食物,时常我屈从于意志
如生硬的鱼翅,有美味一刻也有如鲠在喉
挥汗如雨的人,信了肉食
饕餮美食,就要有了负罪感
以戴罪之身冰封住虎豹之心
我像极了那个犯下滔天大罪的人

面对食物,犹如面对饥肠辘辘的祖辈
我潸然泪下,并肃然起敬
下一刻,大爱将像流星一样划过夜幕

你是今夜唯一的夜盲人

2018 年 8 月 21 日夜

七 月 上

这些七月奇妙的云朵
它们离开旧课本,在群山之上
重新演绎风云际会
大雁在烈日下低头
七月上,我保持着仰望

七月上,我要慢慢熟悉
茉莉花和山楂的味道
广袤而温暖的大地上
阳光和雨水把梦想代代相传
爱的真理远播四方

时间以金子般安静的方式
告诉每一个幸福的人
亲爱的,我是幸福的
那么,请每一个走过七月的人们
不忘初心,秉烛前行

祖国多像这片蓝天

白昼交替,永缀祥云

我仰望,一定有一个窗前

传来甜美的歌声

七月上,每一颗心中

都装着一颗太阳

2016年7月1日

七月最后的一天

一声很小的鸟鸣就可以让我醒来
这样的清晨必定是美好的
但是我或许一整夜都在想
它们是如何安顿自己的睡眠

每当七月剩下最后一天
我就会情不自禁地回到从前
那时的花树其实并不都是木棉
就像干净的旧军装
已在记忆的橱窗安放
却并不一定会穿在身上

鸟鸣是自在的,微风是随意的
被鸟鸣和微风摇晃的那些树们是安详的
那又是什么会让我在黎明前
重新拾起一个退役军人的念想

的确,这是七月最后的一天
多少年前我就开始在这一天失眠

就像不知何时老班长的口令

让我落下的腿伤

没日没夜地纠缠着我

  2016年7月31日建军节前夕

如果天亮不曾迟到

雨水不曾迟到,和雨水
握手言欢的树叶以及她们对绿色的传递
不曾迟到

当我在深夜醒来
听到窃窃私语

春天要带走一些尘嚣、枯黄
和埋在废墟下的陌生人
离愁别恨
已找不到最后一个依靠的肉身

如果天亮不曾迟到
有没有一些忏悔安抚淋湿的亡魂

就像雨水安抚泪水
春天安抚逝去的冬天

2020 年 3 月 12 日雨中

失 乐 园

你梦见湛蓝的湖沼
粉红的玫瑰欢快地游乐
深陷其中,你拔不出轻薄的头颅和思想
看不见的池底全都是刺
柔软的冰凉的是你的忧伤

坍塌的岸边,曾经醒着
爱情的花树返回春天
灰白的天空天使在坠落

苍穹之下,海阔天空
后退十步,乌鸦的悲鸣仍在你的耳旁

2016 年 5 月 19 日

十二月的陈词

十二月即将过去的时候
鹧鸪的叫声显得有些急促
想起故乡,遥远的时光正翻过
不远的山坡,那些零星的牛羊
没入草木,也没入入夜前的炊烟
寒夜暗黑,但灶膛温暖得像母亲的怀抱

当城市天桥跨过十二月的白昼
阳光再次挤破如雪的云层
以黄绿相间的树梢,强势表白
有土地就要翻新,有种子就该发芽
父亲也曾用沙哑的声音告诉我
——城里也有温暖的房子
我们将在耕种文字中
获得理想和永生

2020 年 12 月 24 日

十一月的晨曦

让马在霞光里奔跑起来
十一月的晨曦缀满了山冈
马踏过的每一个时间点
将重新变回游子思念的金子和树叶

在你心里荡漾的,将一如既往地荡漾

时光走漏的风声,让你感到了冷
马不停蹄的,还有一瓣雪花坠地溅起的星光
以及一枚松针对春天的渴望

让马在岁月的纵轴线上奔跑起来
把一切的不快都甩在身后

当我醒来,旭日东升,如一万匹马
奔腾在祖国的万里边疆
包括我们每一个小小的心脏

十一月的晨曦缀满了山冈

在你心里荡漾的，将一如既往地荡漾

2020年11月29日夜

守　望

——题写吴丽娜同名摄影作品

他们已经走远，时光还在原地
他们永生永世的时光
雕刻我内心的神往

他们相拥而立
就像你我相守相依
刻骨铭心的爱意
砥砺他们坚硬的骨头
每一滴泪水都变成了沙粒

日月同辉的那刻
苍天见证了海枯石烂
我只是用一颗小小的心脏
看护我的爱情，却以
一生的琐碎和爱对峙

穿越千年，我们选择出发
惊羡的目光他们不曾看见
是岁月守望着我

还是我痴痴守望着岁月

2016 年 6 月 5 日

书中风云

乌云大片大片地铺上了天
在我挑选最后一本书的时候
它还没有出现,我也没有发现
风云变幻如此迷离

我急切地赶往家的方向
我听见雷雨紧逼的脚步
它急切地要返回黑夜
甚至要剿灭我和春天
或者掩藏一个谎言

高高举过头顶
我打开崭新的书本
翻到开始的那页
大雨倾盆而下
没有丝毫的迟疑和怜悯

谁在说,在书中
我打得开阳光

却躲不过乌云和风雨

2016年4月24日海峡读者节

书桌之上,幽兰静默

窗外声音嘹亮,像阳光
在玻璃之外透进来
我深知,我断断不能阻挡
那些欢乐或悲伤

犹如风在风中游弋
水在海中苍茫

斗室之内,唯有心在乱翻书
而书桌之上,幽兰静默
我始终叫不出
每一缕幽香的名字
也始终没有想起
红袖添香
这个时日里怀春的好词

2017 年 3 月 24 日,时近周末

水或洪荒之力

水在流动中净化自己
在季节里滋养万物
水聚洪荒之力,在一个人的身体里
头也不回地奔流不息
水与五谷相生,超度灵魂
直到由爱升华,成为新生命

水在不断路过,把世界涤洗
我途经水的时候,我说
让我赤裸并且干净
连同这一生的所有积蓄

水在水中,我的子孙
在月光下繁衍生息

2016年8月20日龙岩—福州

水中捞月

我从内心出发,影子却困在原地
当我一伸手,自己都不见了踪影

群星闪烁时,已是风平浪静
就像深陷寒夜的群山
倦鸟归巢,一切尘埃落定,如神所料

        2019 年 12 月 11 日

所谓情人节

在一个时日,退守到面具之内
保守多年的空,不再为空
当鲜花成为另一个面具
满城风雨,阻挡不了一滴眼泪

如果眼泪也可以说谎
今晚脸红的,都是流氓的酒意
唯一浪漫的,是这段早春寒夜的诗句

花瓣意乱情迷
在午夜的风中独自凌乱

2019 年 2 月 14 日夜

所有的雨水都有理想

所有的雨水都有理想
只为天地澄明岁月静好
太阳的十个兄弟姐妹
一夜无眠,倾心
冲刷这个世界的罪恶

青山远黛　江河澎湃
所有的鸟雀向阳齐飞
鸣唤已被掩盖
翅羽丝毫不曾停歇

闪电是神的利剑
雷声是爱的呼唤
我内心纯净,思想全无
推窗只见一朵祥云

2016年5月22日

所有人都找到了自己

心中的王。四座半山,一个半月岛
半颗心。每一个人都在内心
饲养各自为尊的神兽

返乡途中的鹭鸟,困于季风
抬头望月的人,反复搬石头
用心垒起王的灯塔
"上房揭瓦,又或提拎甩卦"
片刻之间,鸦雀无声

"一行白鹭上青天"

公元某年,拜山为王的朝圣者
以心血为墨,把姓名敕在父母之乡
放归十二生肖于半山之上

所有的人,便都找到了自己
所有的心,都归属于心中的王

2020年9月16日夜,天元花园

坍　　塌

——为陆地《憨熊云图》而作

在坍塌的骨头坍塌前
请保持微笑，用一种憨厚的表情
给世界以童话
还梦想以少年

比光更轻，比梦更白
佛说，每一个觉皆为道
你所见即你所得
天地之间一片禅意

把阳光托举，也把时光忽略
在空之前，坍塌自己
把累赘交给下一缕风
还有内心的恶俗

2016 年 8 月 2 日

退回到日出的地方

要退回到日出的地方
让醒来在思想缺席的睡床
一世绵长,有时抵不过
一日的悲喜过场

要退回到季节的开端
那些雨水中向阳彳亍的人
忘记暗夜中的黑玻璃
用一个熟悉的背影
为一棵安静的树木疗伤

要退回到微颤的心脏
静待公园的空长椅
删繁就简　守得云开
神圣的偶然成就生命的道场

要退回到众神的希望
用最初的美和最后的尊严
在一个新日成全自己

然后，继续前行

2016年7月4日

我看不见风

深山被鸟鸣带走
下一次的风声留在树梢
孤独的树梢没有了泪
像招魂的亡人书

我看不见风

夜幕慢慢降落
炊烟来不及寄出家书
殉情者一去不返
屋檐上的黑瓦片是阴险的巫

我看不见风

乌云正在涌动
它要遮挡季节所有的光芒
每一片树叶都是说谎者
乌云背叛了太阳
雨滴背叛了天堂

泪水背叛了我

我看不见风

        2016年5月17日夜

我看见了光

我看见了光
在寂静的夜里
心像一只野猫
在暗中发亮

如果是深秋
一片落叶就足够锋利
它划开一缕光亮
给风烙下忧伤
却让我感到了凉

我看见了光
一晃一晃
它在我的心中游荡

2013 年 9 月 7 日

我没看见的,它都看见了

我没看见的,它都看见了
比如晨曦中的落叶
落叶之上的夜露
露珠里的星月
星月之下的旅人
旅人脚下的落叶
落叶落下的心事

我踩响落叶的一刻
惊起了一只鸟儿

2018年3月4日晨

我所叙述的生活

被我叙述的生活,比如晾晒衣物
简单而日常,有时也繁复
都在风中排列着,成了诗行
又如那个风雨无阻的老人
在他并不熟知的大树下
日复一日,活动着枯枝老藤般的筋骨
他已年迈而半瞎,内心却明镜似的
他要把有限的生命无限拉长

我所叙述的,也非我所有
晨曦中的树叶
一再疏漏出一些阳光
它们被风洗过,然后一遍遍打在落叶上
我不得不承认,它们都感动了我

2018 年 7 月 31 日晨

午　后

作为午后，有时候需要急切的敲门声
硕大的乌云，曾经压迫着少年
把午后的小麻雀，锁进空旷之后
敲门声惊醒了山村某个噩梦

午后的阳光是慵懒的，行人也是
午后的石头炙烤着谁的抑郁
电钻声把自己关进透光的笼子
但是，午后给风留下了一个出口

通往乡村的道路，不断呈拥挤之势
弯曲的噪声，搅浑了弯曲的水流
你在午后的窗前，必将看见
少年消瘦，彷徨在午后的十字街头

敲门声后，斜阳被揉成了降压药片
"与时间争的人，终将被时间埋葬"

2019 年 11 月 20 日

虚　度

预谋已久的风雨
没有想象中的猛烈
我在天亮的时刻出门
看见风雨扑面而来
树枝颤动如我心藏小鹿
打扫落叶的人踏上回家的路

刚刚错过一段小暑
风雨将在下一刻继续
守夜人，请点亮阳台的灯
摆好夜里的酒具和明日的茶盏

然后，就着风雨飘摇的心情
虚度一些无用的时光

2016 年 7 月 9 日

雪，落在北京

雪，落在北京，落在故宫
这是雪在农历己亥年最正经的一件事

雪落下后，故宫端坐着
像一个老者，正了正衣襟
在镜头前，看着雪
继续慢条斯理地落下

雪，落在北京，落在故宫
雪就真正落下了
雪就落在了我心上，落在了诗歌里

雪就让京城
在诗歌里白净了几分

2019 年 12 月 17 日

雪让世界重新开始

雪在夜里下来。把鞋子覆盖
把旧日里的喧嚣全都覆盖

隔着白,雪下一个脚印
雪上一个脚印。即使在梦里
一个人的两个脚印也永不相印

它在雪夜之前迷瞪。它在雪后醒来

雪啊,你这伟大的治疗师
你给大地留下唯一清晰的足迹
你让世界在一个时间上重新开始

雪啊,你让神开启了崭新的一天
——白茫茫一片,真干净

2020 年 6 月 6 日

夜里始终听见一种鸟的叫唤

它为什么叫唤

天黑起,它便无休无止地叫唤
把黑夜叫得更深,越叫越黑地黑
让我和这些夜色时常噙满泪水
这个不知名的鸟,它的韧劲让人害怕
该有多大的幽怨,还是多少思念
让它的一生,只为这一夜的哀鸣

它为什么叫唤
它的叫声,一直合着我夜里的心跳
又或,还有我一生的疑问

2018 年 10 月 20 日

一个词的隐喻

把一个词拆开,心将抵近它的内核
或许一瞬间,或许是一生
上帝之手,点燃人间烟火
却仍未曾拨开迷雾
迷雾之上,神在看护
你在迷雾之中庄严诵读

一个词的通道已经开启
没有一个人可以绕过
——悲欣交集
万世苍茫只留一心欢喜

2020 年 10 月 29 日夜

一片树叶足以抵上生命的高度

一棵树,要长到多少年
才会被人们记住并谈起
一棵树,要长到多高
才会有被人们仰望的高度

这些世俗的议题
树不关心,也不在乎
年复一年,树只管风餐露宿
用根系的深度支撑成长的高度

夜深人静的时候
你放平身子,总想把思想的深度
加上一片树叶的厚度

直到和祖先在病榻上相遇
人们才幡然醒悟
一片树叶足以抵上整个生命的高度

2016年7月28日福州同心阜

阴 沉 木

有人虚度了光阴。虚度的
许多光阴,被一场大水冲走
剩下的,全被一个朝代的历史埋葬
同时被埋葬的,还有一个帝王的春秋大业
以及一个流民的黄粱美梦
在深不见底的黑暗里,它们都一样
无足轻重

一段阴沉木,想说的太多。终究没说
惊天的故事都烂在骨子里
逝去的光阴,如繁星窃窃私语

2020 年 7 月 10 日

阴雨连绵或死亡的气息

你想到了小脚老太的裹脚布
又想到了精神错乱者的呓语
单调，冗长
絮絮叨叨没完没了的
正是这种无人不嫌的连绵阴雨

显然是故意的，苍天
它在发泄无人理会的怨气
对世界刷自尊自爱的存在感
除却雷声，苍天已无语
世人曾经仅存的敬畏
在旧日的阳光下散发殆尽

每一个辱没了斯文的脸面
都躲进阴暗的角落
罪恶的灵魂却无处可藏
普天之下，每一颗心都无奈地潮湿了
幽暗深处，不断传出裹脚布的味道

有时，你会想到死亡的某种气息

2017年6月15日

鱼儿在天空中飞翔

鱼儿在天空中飞翔
梦里的大海风平浪静
我用赤脚亲近大地
稚嫩的双手是我自由的翅膀
每一次攀缘都有神的呼吸
我要再一次腾空万里

琅琅书声就是朗朗乾坤
妈妈不要把我叫醒
让我最后一次
鱼儿一样在书中飞翔

可是翻山越岭,妈妈
我怎么梦不到您

注:据报道,四川凉山有个悬崖村,孩子们须攀爬十七个藤梯花两小时去上学。而没有藤梯的悬崖更危险,已有多人坠落。

2016 年 5 月 24 日

雨落情人节

这一天,天地缠绵,雨如断线的泪水
比昨天多落下的部分
替神说出了不再收回的爱

一些献给春天的悼词
一些献给今天的诗篇

2020 年 2 月 14 日雨夜

雨落无声

下雨了,人工降下的雨也是雨
云层中那些随了主流的分子
兴高采烈地降临大地
多么美好,那些绿水青山
正好与你欢喜相遇
淅淅沥沥的笑声,打动了
每一个步履匆匆头顶没伞的人

屋檐下站立一只鸟,哈哈大笑
看,那些没落下的,已经飘零
只有阳光替它收拾风云残局

那个白发苍苍的,已垂垂老矣
犹如半空中吊着的云絮
徒留一缕如盐白发
虚度一世光阴

2020年12月14日福州—厦门

雨水中树枝低垂

树枝低垂，那些无辜的雨水
多么像我忧伤的眼泪
在时间光亮的一面
簌簌地落下，并发出沙沙的声响

树叶也是无辜的
这时候它还有些无奈
充盈的雨水让它不断低垂
但它无言，不时轻轻摇晃
它因雨水而焕发出的光
却是那么的晶莹透亮
多么像嫩芽中蓄势待发的力量
胚胎里蕴藏的太阳

雨水落下，树枝低垂
我在命运途中卧床养病
我和绿叶隔窗相望

2017 年 6 月 3 日

云只待在高处

云只待在高处
云将天空变得更低

阳光也只是让云呈现
本来的白
并在蓝天下交出轻

云会让灵魂摆渡,直到故乡
云可以遮蔽一日的光阴

可以让日出有些喜悦的节奏

2018 年 12 月 17 日成都

在大树底下思想

大雁已翻山而去,今日刚过
目光所及都是暖冬的穹庐
溪水边丢石子的人,拾级而上
最终成了小木屋的主人

一天有二十四个时辰
二十四盏灯火,恰如你心里的秘密
无所谓选择,就在大地之上
数着你的疼痛和快乐

风声并不都是草尖带来的
但落叶皆为时光之伤
岁月转身,它们像路边唱歌的人
匆忙的脚步惊动了栖窝的鸟

在大树底下思想
我什么都不曾想起
哪怕一只大雁落单,包括它的叫唤

2019 年 10 月 22 日

在离神最近的地方

初秋的天空足够辽阔
任由一团团的白云肆意翻卷
它们空出的大片的蔚蓝
让我想到无垠的海,以及
生活中许多的柔软

午后的时光,细心打量
大山、树木和花草
大地清新如洗,像神的油画布
那些阴影部分,也格外高贵
烘托出斑斓绚丽的图景

杂木搭盖的小木屋里
生长着山花、野果或者小蘑菇
心脏已开始干净和安静
在离神最近的地方
初秋的天空足够辽阔

2019 年 8 月 27 日

在 秋 天

在秋天，我习惯整理桌面的书报
时光不曾留下一丝痕迹和灰尘
在秋天，我更容易想起父亲
——他曾是这些物件忠实的接纳者
我也因此对它们更有一份亲近感

在秋天，我曾看见一个诗人的斧子
那个喜欢戴帽子的小个子
只用一个傍晚就砍伐了一整片森林
凌乱的落叶，从昨夜开始飘落
打扫之人让我漫不经心

在秋天，每一片树叶都是一个传说
白纸黑字，写着世态炎凉与人间冷暖
在秋天，我躬身汲水时突然想到
哪怕费尽一生，我都无法读懂
其中任何一个小小的脉络

2019 年 10 月 10 日

在雪中飞起来

在雪中飞起来
一对翅膀,在晨曦中展现梦想
古老的童话,雪一样白
白里透红的白

在雪中飞起来
看见白雪公主,天使的舞蹈
在书本中复活
在雪中,看见自己
新生的翅膀,在晓寒深处
返回春天

在雪中飞起来
有致命的祝福,绕过时光的背后
把古老的世界逐一覆盖

在雪中飞起来
身子已洗净,灵魂变得更轻
名字变重,命已更白

白里透红的白

2016年12月5日

在众神看管的山上

冷风暴撞在了天堂的出口
西西弗斯和他的石头,在黎明到来
之前,躲过了一支冷箭
当虚妄之力,在一夜之间砍伐了
山林,相对挺拔而立的树木
我更钦佩那些倒下的松树
它们保持着挺直的躯干,并且
一直向上生长出许多新植

在这个寒夜的噩梦里,我大汗淋漓
冷风暴撞倒了天堂的出口
像西西弗斯一样,我用尽全力
在众神看管的山上,固执地滚石头
四周的山头,对我发出冷笑

2020 年 1 月 2 日

掌 灯 人

掌灯人，在黑夜来临的时刻
用一句民谚把十五的月光熄灭

我沿着天梯，从一本书的坡顶款款走下
在风雨过后的秋夜
安顿好自己诗意的睡眠

枕着书香，我开始喃喃自语
我说，今夜，我要做自己唯一的掌灯人
静看身材娟秀的文字
在往日的灯火里翩翩起舞

那些内心存放已久的灵感
将一一来到我的床前
就像梦里圆满的月光
一夜之间，把我今生漫长的道路全部照亮
并将在我醒来的一瞬间
把窗外的天空照得比海更蓝
　2016年9月15日中秋夜，献给无月无灯的厦门

中年夏至

如果爱,隔夜袭来
得失之间,落下一声叹息

酒杯斟满之后
留一句豪言壮语盖住杯底
齐眉的案头,所谓事业
被一张薄薄的纸张压着

茶淡如水,纷扰世界已不再受累
家门之内以旦夕疗伤
从今起,把每一个日子拉长

心像雄狮,在午后的坡顶低下头颅
被俯视的时光
差一杯水的距离,归于静好

2016 年 6 月 21 日夏至

昼　夜

圣人曰，哲学深远
哲学的道路曲折蜿蜒

神却失眠，昼夜之间
梦想反复实践

一些岁月被虚无
另一些岁月被叙述

黎明时分
我撕开一只鞋子
撞见它一夜的想念

2010 年 9 月 16 日

第二辑

大地之上

我低下头颅,合眼静默
我看见人世清明,大地辽阔

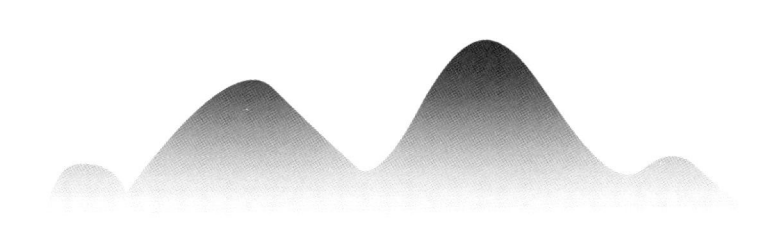

桃 花 运

为了春天的一场艳遇
你在《诗经》里潜心修炼
千年之后,我谋划了一年四季
在清明的前夜,偷一缕闪电
种在故乡向阳的山间

春风十里,只为桃花一面
蒙尘的书简还在途中
在诗里,你是骄傲的词
你在诗人的颂歌中
穿上新做的嫁衣
我却在众人面前手足无措
陷入风雅的八面埋伏

诗说,爱是惊艳
也是一种闪电

2016年3月30日

洋 顶 岽

这些大山,从海底升起
从海平线以下,到海平线之上
时间与空间,在洋顶岽
有一个美丽的弧度

大山如美人,含蓄的流线体
饲养内心一万只小麋鹿
潮汐之间,洋顶岽自有气象

我看见海浪翻滚,如梵音
一阵阵,悠然滑过耳际

2019 年 4 月 17 日

茫 荡 山

满眼的浮云翻滚,像前半生的履历
全都在眼下,——有序地展现
"薄的是荣光,厚的是缺憾"
一些人开始忘情地叫喊
在他们内心翻滚的
是君临天下的仪式感

三千八百坎的天梯,空出了一截
一部分给古树杂木,一部分给白云和风
最宽阔的部分,留给女侠饲养传奇
我只在两声蝉鸣之间
看一缕青苔,如何慢慢爬上老茶树的枝干

在茫荡山,我只想
把尘世放在一段茶香里发酵
然后尽量把记忆中所有的词语
变软变清,写慢写轻

2018年8月4日南平—福州

淮海中路

在淮海中路,一百棵梧桐身材魁梧
像陌生的朋友给我喜讯
在暖风中与夏天修好

在淮海中路,春天迷失背影
霓虹闪烁压迫城市之欲
急促的步履,拂过白玉兰的气息

在淮海中路,我认出了上海
心尖暗藏的一声惊叹
引我去向外滩和它的黄浦江
呼吸之间消失在滚滚人流

2017年5月19日上海—福州

它有寂寞,也有好奇

开始是女儿,在宠物店
表现出城里孩子的好奇
给小猫小狗取各种不同的名字
从来不征求它们主人的意思

然后是一只美短,被抱了回来
它有寂寞,也有好奇
它在客厅里不停地展示自己
它对一切感到新奇,包括"七月"
——孩子给它取的名字

现在是我好奇,当我开门
它总一下子冲到脚边讨欢打滚
我也总是不由自主地摸摸它
叫它一声——"七七"

七月是我们新养的一只猫咪

2020 年 6 月 19 日

那个一早出门的人

是谁悄悄躲在一片树叶的背后
让我如此忐忑而早醒

清晨的鸟鸣与蝉声
与昨日的鸟鸣与蝉声
并无二致,大树下转圈的
还是那个拍打自己身体的人

窗外轻轻晃动的叶片
深深浅浅,美好的颜色
像极了深深浅浅的睡眠

推窗之时,忽觉拂面而来的一缕风
稍凉了
心里挂念起那个一早出门的人

2018 年 8 月 7 日清晨

冬日有恙

冬日里迷路的雪,在体内燃烧
喉咙是唯一出口,排了浊气
每咽一下,都有大排场
以烟囱的名义,鼻子纳入尘灰
堵死通灵的腰酸背痛
坐也不是躺也不是
总也捂不热的双脚
就这样一直踩在雪地里
等着把自己完全燃烧
却让雪继续在身体的冬日里迷路

2020 年 12 月 20 日

大 暑 词

七月,有许多东西搅动这个世界
比如正午静默的石头,比如
门前垂头丧气的老榕树,又比如
趴在弄堂里瞌睡的小狗。每一个

试图搅动一年之中最大日头的事物
在七月,都无限扩张各自的势力
沉默或者爆发,只在一瞬间

犹如山洪,又或烈火
一只猛虎在七月的喉咙里滚动
像穿堂风,总有什么在午后
被聒噪的蝉鸣,落日一样轰然带走

2020年7月22日大暑日

大梦书屋

必须让一些阳光照进来
斜斜地,照着书本美好的封面
哪怕有丁点灰尘,也被闪亮的书目忽略

在大梦书屋,因为窗外的树枝
阳光有了快乐的节奏
与阅读的目光正好合拍

现在,我独自坐在长椅上

空出来的位置,刚刚好
安放那些剩下来的阳光、书香
和一整个下午的思想

2018 年 7 月 17 日鼓岭大梦书屋

福州的春天

一直在路上
春天，2012年的福州
宣纸装裱的旧街不见了
两千两百年前的内河
依然在三坊七巷间
横七竖八地流淌

一直在路上
春天和去年残留的病痛
窃窃私语，它们
在昏昏欲睡的路灯下，密谋
下一场更揪心的潮湿
没有人可以在它们的间隙
穿越一个季节
哪怕最后一个

一直在路上，春天
像我们一样的懒散
现在全都躲进了那些云朵

三月的下午茶
被淅淅沥沥的雨丝簇拥着
熙熙攘攘地挤在窗外
像许许多多的云朵

一直在路上
顺着茶香的气息
我和杯中的一缕阳光
打了个招呼
一天很短,开心了就笑
春天也很短,不开心了
就过会儿再笑
前方如聂鲁达的诗歌一般美好

      2012 年 11 月 14 日

2010,邵武,邵武

如果一把红伞,在太阳下
比太阳红　它的心思
有谁解读,它的魅力它的红
灼伤了整个世界的痛

昨天的暴雨今天的火炉
邵武,邵武,若你是心中的那把红伞
一个角落藏着的突然的痛
这世界的距离,只不过是
你我之间的一个尺度

今年夏天,是来得太迟
还是我离开得太早
头顶一棵榕树,太阳
有时是眼角的一点红,有时
或将是心灵深处永远的
一点红

注:6、7月份以来,我刚卸任邵武市副市长,邵武市

就接连遭受特大洪涝灾害,之后又遇高温强热,灾情严重。

2010年7月13日

迎 新 帖

迫不及待。所有人都急不可耐
要逃离。2020。这个看上去顺眼的
字符,像黏稠的秽物,一直堵塞
一整年。空气也被迫鼓胀
通道即将关闭。越来越窄的关口
被疲劳的咳嗽不断挤压

捂住最后的气息,所有人
同颂一首诗。用一根冰晶的针
以新月之光,刺破最后的黑
毅然决然,闯进

2021。用骨头打更的人
穿透积雪,唤醒春天
阳光照在每一个古铜的脸上
用昼夜之间唯一的晨曦
刻下最新的证词:心花怒放
如爱与呼吸

2020 年 12 月 31 日

长沙村意象

有一些从石缝里生长出来的,被印象
有一些窖藏在洞窟里的,被想象
有一些刻在雕版上的,被收藏
有一些嵌入骨子里的,被传唱
而我,一踏进长沙村
就被刚刚海捕归来的农民兄弟
用油画布,封装在地瓜烧的陶瓶里
不论我如何使尽浑身解数
都无法把自己,从长沙村
咸腥的油墨味的意象里
拔出来

而你写出的句子,一不小心
跌入诗情画意的旋涡
并越陷越深,不见踪迹

2020年11月20日霞浦长沙村

大　雪

要看见松枝捆扎的柴门
要听见柴门里传出的狗吠

夜幕降下,一灯如豆
从行囊里取出一扎读书声
再向烟火气里,交出冻僵的行酒令

大雪纷飞,你只看得见
烟囱里升起的烟和灶膛里的火

从山村里走出来的人
走再远,汗水都将和泪水一起
被一再覆盖

2020 年 12 月 7 日晨

做一个侍弄花草的人

下决心做一个在四季侍弄花草的人
在冬天开始翻土,邀寒风相伴
看一只昆虫如何安好地过冬

在每一个夜里,约一个人
煮茶。读书。写字
有时也为另一个人,或者一个修辞
在风月无边的意境里
吵一架

清晨醒来,有农人上山
就头也不回地跟着去采茶

2020 年 12 月 4 日

小雪 2020

小雪了,多么美丽的图景
一切美好,任你漫天想象
最惊心动魄的词语
滑过野鸽子赭红的翅翼
最浪漫的话,留在麦尖
芦苇含羞,辨出松风的寒暄
来自晚边遥远的霞光里

天地良心,在人生留白须发
神说,爱你。以小雪和大爱的名义
许年华光鲜亮丽,人间值得
——两袖清风,一生干净

2020 年 11 月 22 日晚,小雪

秋 色 赋

看见那么多落叶,都是金黄的
你便要看见她们柔软的
炽热的另一面。为贮存阳光
褪去青涩,为大地披上过冬的衣裳
树叶平和,无论在枝头还是地上
始终仰望天空。也为这人间忏悔或祷告

遇见看似温和的人,请温柔以待
请他们和你一起,仰望星空
或者看见树叶
——回家的那盏灯永远亮着

2020 年 11 月 18 日

半月里的老榕树

就像饱经风霜的智慧老人
在半月里,老榕树安详静谧
守着世世代代的村民
偏安一隅

分别端坐在三级台阶上
看风来风往,日升日落
闲听几个老农家长里短
老榕树,一言不语

就像树下跳跃的那只麻雀
我在树叶间不留痕迹的一缕风中
离开村子

偶尔想起半月里
就想起那三棵大榕树
想起我三兄弟
注:半月里系福建宁德一畲族小山村。

2016年9月7日

寒 露 词

干净的水才能被草叶举着
——你几乎不能分辨白露和寒露两个节气
但风可以,一滴干净的水也可以

站在一只紫砂壶面前
你羞愧难当地低下了头
你知道人心远不如水纯净透明
少女之心,藏于壶身
你看不见却暗示自己
每一个器物都盛装着一个灵魂

干净的水才能被收纳
干净的内心,才能存储干净的水
并抵御寒气,释放光
直到另一个天明

2020 年 10 月 8 日,寒露

秋　　分

突然到来的凉爽，令人诧异
让人觉得人间半是欢喜半是忧伤

夜里微风蕴着茶香，如余音绕梁
说不尽道不清的家长里短
一声叹息，醒来依然纸短情长

你说，月亮是月亮，太阳是太阳
今日秋分，万世苍茫
只有天地可以平分秋色
没有爱恨可以长相厮守

"一份秋意一份凉"
没有一缕秋风，可以褪尽人生冷暖

2020 年 9 月 22 日，秋分

在半山村筑梦

像种下一棵相思树,你种下
一粒梦的种子。三十四年前的闪念
早已记不清,但心事已悄然扎根
如母亲的脐带,它指引生命
一直朝向明亮的归途

心存善念的人,在山水间云游
每一座山都是故乡的山,每一滴水
都是母亲河。啊,尤溪河
我曾在你的心脏反复去往彼岸

如今,光荣与梦想架起彩虹桥
朝夕之间,乡邻拾级而上
水天相连处,我脚踏实地,凝望星星
并一再在梦中对着半山村
交出孩时的记忆,和恬美的呼吸

2020 年 9 月 16 日湖东小院

母亲的半山村

——写给"旅长支书"林上斗

一直站在村口,像河边的老樟树
苦苦张望没有儿子的时光
站着站着,母亲的腿脚
就种在了田亩里。日渐老弱的身子
却在一个月黑风高的半夜
枯枝落叶一样瘫在了孤寂里

半山半水的山村里
母亲的思念连着儿子的乡愁
翻过一座座大山,堆砌在军营
三十四年的忠孝如铜墙铁壁
没说出的话,跌宕起伏在尤溪河

回到村口,我只喊半声:母亲
孩儿将在半山村永远守护你

2020年9月15日湖东小院

白露是你一再表白的小情人

海水把细壤推高,让上天
拯救生灵,拯救麦芒之上的星座

秋风乘虚而入而登高望远
昨夜,有人翻身有人轻咳一声

"一半是海水,一半是火焰"
白露是你一再表白的小情人

白露是一滴阳光,是归途的大雁
睡梦中漏下的一点光芒
是秋夜裹紧的一枚小月亮

千里之外,秋水微澜
大海依旧风平浪静,一片白茫茫

2020年9月7日,白露

我的内心突然暴雨如注

云谷里有云,也有谷
但云谷里,并不是只有云和谷
比如大爱,比如万木

第一次听到云谷的时候
在我的诗里,它还只是一个美妙的意象
其时,那个身材魁梧的兄弟
爽朗的笑声震动了整个云谷

今夜,云谷里飘来一场暴雨
来得突然,在晚餐与茶叙之间
打断了我的一根肋骨

它终于还是洗净了我的灵魂
尽管雨水不曾湿我一丝

从武夷山回来的路上
我的内心突然也暴雨如注
是的,我想,大爱之人,必有大福

应该有一种岩茶，叫云谷

注：云谷系武夷新区地名。

2020 年 8 月 27 日夜，武夷山—福州

春　天

一夜之间，春天把自己给分了
她把鲜亮的部分，给了门前的榕树
把欢快的部分，给了树上的鸟儿
又把温润的部分，给了小雨中的蓝天
然后将乍暖还寒的部分，给了我

当我站在窗前
看着蓝天下的榕树被雨水刷新
看着小鸟们在树上闹腾
我就这样站在了春天

2020 年 4 月 22 日

庚子惊蛰

露珠已于昨夜抵达松枝
以黑暗天使的名义,垂挂着
疫情之下那个城市的心脏
也垂挂着。经不起任何风吹草动

布谷鸟在返乡途中,不得安宁
远在寒风中的嗓音细若游丝
掌管黎明和天空的神明
被松针蛊惑。她轻咳一声
大地颤抖着,人间泪如雨下

从枝头到土地,坠落的过程
那么完美,就像初生婴儿的一个春梦
好像有过,似乎又什么都不曾发生

2020年3月5日,惊蛰日

跆 拳 道

随时把掌心摊开，承接风声
带来的鸟鸣，以及树叶传递的亮光

深蹲，然后迅速弹起
前踢、正踢、侧踢，动作连贯
把影子扳倒，把喝声带上段位的势

然后再把掌心摊开，发出杀气
柔美的眼神顺势透出光

有鸟应声坠地。溅起的落叶
窥见我长袖里提刀的手

2020 年 3 月 3 日湖东小院

无数双眼睛穿透了汉江的白昼

一场雪,从珞珈山上落下
一座城,便被白色的衣裳覆盖
一树花,在珞珈山下绽放
一座城,失去了繁忙景象的光彩

日月星辰,围绕着珞珈山
光和热,就唤醒了山上山下的生灵

"说星星很亮的人
是因为你没见过他们的眼睛"

日月星辰守护着这座城
无数双眼睛穿透了汉江的白昼

比日月更近,比星星更亮
她们闪烁着,替光传递了光
替寒风中赶来的春天
种下了希望

洁白的雪啊，一再退回到
樱花也不曾到过的每一个角落

　　　　　　　　　　2020年2月28日

溪 水 谣

溪水清澈。交出石头,隐去鱼虾
交出芦苇,隐去水草
溪水潺潺。交出微风,隐去话语
交出鸟鸣,隐去天空

就像春天交出雨水和忏悔
我交出口罩和敬畏

溪水如镜,有也若无
长尾鹊与我隔岸相望
相对无言,各自看见水中倒影

2020 年 2 月 22 日贵安溪山

小　寒

背景里要有墙角、阳光和蓝天
还要有潺潺流水,以及几声鸟鸣

屋檐下的蛛网,开始蒙上了一层霜白
那个失聪的小女孩,咬着衣领
独自迎着山风。黝黑的脸庞上
挂着淡淡的忧伤和羞怯

林阳寺的梅花盛开的那个清晨
所有的生灵都不敢轻易张口
倘若不然,必有浊气先于语言脱口而出

小翠鸟的叫声,便显得格外的幽深与旷远
一只小蜜蜂,在梅花跟前打了一个冷颤

2020年1月6日,小寒

万物重归于好

人类被囚禁之后
世界重回自由，大地欢欣鼓舞

阳光正好，微风不燥
雨水丰沛，草木恣意生长
鸟们叫声嘈杂，掌控着天堂各个角落
玉兰花在路旁次第怒放
黑蜘蛛在网上悠悠荡荡
每一个窗前都戏闹着花蝴蝶和小野猫

人类被囚禁之后
冬天正在过去，春天正在来临
万物重归于好
此消彼长，时序祥和

2020 年 2 月 13 日

对细小和过往,保持一种敬畏

蚂蚁与大象,很小时候就听说过
这个童话玄幻而有趣

家乡有芋子包,无论制作还是吃
都给我们留下了深刻印象

当新冠疫情来临,我们把繁杂世界隔离
我想起了儿时那个故事
孩子用作文复述乡村陈年旧俗

所谓岁月静好,正是此时

这样一想,便觉得自己多像一只蚂蚁
最终窥探到了灵魂最深处
而孩子,多像一头大象
她把整个老家都搬进了心里

"对细小和过往,保持一种敬畏"
在春天,一个新冠病毒

为我和整个人类供出了经典证词

2020 年 2 月 7 日

盗 火 者

当巨兽在丛林中独自醒来
一只蝙蝠，一只谗言佞语的蝙蝠
黑翅下藏匿的咒语，已密封成蛊
让祭坛上的毒苹果，发出炫目之彩

盗火者，一脚踏翻取暖的炭盆
一夜之间，生灵涂炭的词性
变得焦黑易碎

钟南山，较真地修订《捉妖记》
砍柴的女子，在火神山抱薪而归
炼丹的圣婴，在雷神山无我地打坐
节日里的众生，虔诚地端详着手中的松果

群山之上，东方神兽再次醒来
卧榻之侧，盗火者鼾声如雷

2020年1月29日晨

逆 行 者

在那光亮照射过来的地方
更亮的背影照射新的光亮

坚毅而急促的步伐，指引着
朝圣者走向浴火重生的道场

逆光飞翔的背影，清晰而美丽
向生赴死，像洄游的鱼
义无反顾地奔向死生极地
在黎明将来的前夕
托举一轮新的太阳

护佑生灵的，还有天使心中的火
逆行者，用生命之光
将沉睡的灵魂唤醒
并把世界点亮

2020 年 1 月 26 日深夜

大　寒

寒风终于打开了身体的通道
关节炎或者风湿痛都一样
作为小人物的唯一忠实的奴仆
在某个夜间,一个不经意的喷嚏
之后,死死地紧跟着
"瞧,多么可靠的家伙
从此再也甩不掉了"

鹧鸪已啼。带刀子的空气
让呼吸也变得清冽
而岁月这个贪吃的老东西
正隔着一个看不见的薄薄的时辰
挑剔着你的骨肉,啃噬着你的精神

"今日大寒,请避开风,裹紧自己
并给它留一个出口"

2020 年 1 月 20 日,大寒

在西天尾

我看见乡村的道路,通往
挂满枇杷果和小蜜蜂的山野
那些自顾劳作的村民,不说话
他们把手头的收成,摊晒在路旁
挽起的袖子和裤脚暗示我
在西天尾,他们在天地之间
坦诚相见。而从道路四周开始
我必将遇见时序更迭,六畜兴旺

在西天尾,天更蓝山更远
暗喻了一个心灵朝圣的方向
在西天尾,每一个农人
在阳光下和我一一擦肩而过

2020 年 1 月 3 日莆田—福州

元 旦 辞

在春色中,添一缕风声
在竹影里,添一丝蝉鸣

在山水间,添一抹烟云
在云烟里,添一行雁影

在思念里,添一怀愁绪
在诗行里,添一个新词

在祝福中,添几声爆竹

2020 年 1 月 11 日

冬日火焰

在初冬的山里,重新劈开
八百年的茶马古道
遇见参天古木和乡间的自己
与许多鸟兽一起,熟悉松针的气息
穿透密林的阳光,是冬日的火焰
在点燃落叶之前,燃烧了一颗松果一样的心

现在弯下腰的,除了树丫竹枝
还有我对山林和山林里所有生命的崇敬

想到落日是上苍赐予的蛋黄
我不得不抬头仰望眼前的树梢
金黄的叶子正是冬日的火焰
它将永远不能在我的内心熄灭

2019年12月7日福州溪山

小　雪

注定是一个前世今生的小情人
有着小小脸蛋明眸皓齿的小美人
一直深藏在月亮之上
我在梦里辗转反复三百六十五夜
她才顺着天梯来到窗前

我始终不敢睁开眼，我深知
世间的女子并不都可以叫小雪
她是白月亮唯一的小女儿
来自晚唐，来自
情窦初开的遥远的清晨

我惦记的是：小雪
从今往后，愈加思念

2019 年 11 月 22 日，小雪

芦 苇 词

哲学家看到它,命名为墙头草
诗人看到它,听见了微风的语言

邻居大姐看到它,说起了小时候的拖把
孩子看到它,快乐地甩起了马尾巴

你看到它,给它做了个抖音
让它美上了天

芦苇,是秋天唯美的封面

2019 年 11 月 5 日

霜　　降

武夷山高出戴云山的部分
有一小截，留给更多的白云和鹰
十米高的茶树便挂满了风声
一米高的炉灶盛下欢喜

自一粒柿子的内核，阳光
深入故乡的谷尖和麦芒
熙熙攘攘的人群，却趁着夜色
路过缤纷的异木棉

如果茶香在鹰和白云之间
从昨夜的门缝乘虚而入
未离尘土的杯沿上，仍有薄霜
随沸腾的茶水从天而降

"风落木归山，你我两相顾"

2019 年 10 月 24 日，霜降

寒　露

睡梦中牵鹿而过的人
抑或是昨夜把盏言欢的人
他的辞令自白露起,渐入深秋
眺望九月,远在故乡的母亲
秋风中单衣抖动
犹在耳旁响起呦呦鹿鸣

"蝉噤荷残,菊有黄华"

始终不肯落下的那滴露珠
一夜之间,打湿了你的衣襟
异乡人的夜晚更深露重

2019年10月8日,寒露日

白　露

饱满、圆润，高傲而清冷
美好得像家里的小女儿
明眸皓齿，心事全无
——只是纯净地打量着
一个人的清晨时光

有白云相伴，百鸟轻啼
"露凝而白，金波渐转"
任由岁月滋养稻黍，任由
素衣清颜的女子
于草尖与麦芒之上兀自矜持

2019年9月8日，白露

梦也不可贸然进入的秘境

——为张剑峰摄影作品而题

所有的色彩都指向一个静
天空的蓝和湖泊的蓝
一样的蓝压迫着胡杨林
屏住呼吸,怯怯地待在水天之间
——天堂鸟也不见了踪影

兵戎相见的人,千年之前
握手言和,各自退却五百里
所有的词语都放低身姿
神把风声收住,把口令给了星星
"这是梦也不可贸然进入的秘境"

马蹄声远,我已做不回牧马人

2019 年 8 月 31 日

大　暑

蝉鸣心事重重,笼罩着时光
让每一道闪电都成为快马
回到梦里,让每一滴雨水
都成为青春年少的太阳
只为故乡的一粒稻米发出光芒

台风毕竟来临,像信使
在午后的空当如期而至
隔着树荫,我寻找昨夜脱壳的金蝉
徒留一把菊花、薄荷、甘草
替三伏里来往的所有美人
疗伤

2019 年 7 月 23 日,大暑

茶山中唱歌的人

那些个茶山中唱歌的人
把自己的快乐,带给洋顶岽的
茶树和青草,或者与茶交心
然后我真的看见了,茶叶
在微风中羞涩地微笑

那些个茶山中唱歌的人
是一些美丽的女人,她们
有人赤脚,有人挽起了袖子
不知她们是醉茶了还是醉氧了
歌声中总带着乡土的颤音

那些个茶山中唱歌的人
她们手势优美,她们的手指
在茶叶间舞蹈
她们的身姿,在茶树和蓝天之间
勾引了黄鹂、翠鸟和山鸡

还有一只杂毛的小野兔

从春到秋，随落日与朝阳
直愣愣盯着
那些个茶山中唱歌的人

2019年4月18日

四月，莺飞草长

四月，莺飞草长
茶草相生的洋顶岽，饱满、迷人
多么婀娜而丰腴的绿啊
像这片天空的小情人
当鸟鸣掠过，风含草香
微微起伏的，不仅仅是采茶人的
身段

四月，莺飞草长
洋顶岽荡气回肠的茶香中
你一定要慢慢习惯失语的云朵
与群鸟炫目的飞翔

在四月，在洋顶岽
我要交出自己
交出我赤裸的身躯，以及
我纯净的呼吸和思想

2019 年 4 月 18 日

让白云游动

在春日的午后,与一片青山对峙
虫鸣鸟叫变得异常的清晰
在洋顶岽,我看见茶树的呼吸
它让白云急促游动
并在群山之间恣意飘浮

四月的山上,全是嫩绿
只有我的鼻息,偶尔
撞见丁点的鹅黄

2019 年 4 月 15 日

微　　笑

——张永海《猪事大吉》画作写意

每一个人生都展露过微笑
小溪流曾经那么纯净
昼夜不息流在我的故乡
故乡的田埂上，母亲起早摸黑
为我人生的微笑作了铺垫

那个幸福的小背篓
与猪同行，如今挂在墙上
筛过了曲折迂回的岁月
抖落出泥土味的阳光

每逢佳节，满屋子的笑声中
你会不会想起小猪
憨厚的微笑，和你人生中
收获的祝福

2019 年 3 月 13 日

秋

秋天的时光
被秋阳晾过,阳光的味道
掺和着淡淡花香

秋天的时光
在屋后的山上
心中的往事,不要轻易说出
十月走了,十一月就来

有时阴霾有时黑
那是生命的考验
一丝雨也会疼
你的叹息
如果鸟也明白
秋天的时光
转眼就飘远

清秀的少年
在阳台拍打昨日的棉

如果风
带走他的暗恋
我将听见
时间落地的声响

2011年11月15日

天空搬来云朵

天空因为搬来云朵,更为辽阔
云朵铺下小溪愈加多彩
山谷有了溪流变得委婉
田园种上植物,大地啊,有了亲爱

——我们仿佛从未来过,也从来不曾离开

当上帝恩赐一段时光
天真的女儿在苗寨撒欢
我只对着黔东南的一截木头
发呆

2018年8月15日凯里·云谷田园

鼓岭的风

在鼓岭,风是藏不住的
风吹树木,我看见了欢快与倾诉
如果吹来雨雾,我就感到潮湿以及一些阴凉

我一旦走到屋外,抬头即可遇见那些树木
就像早年散落在乡下的老友
它们不说话,但都有亲切熟悉的微笑
藏不住的微笑,让我在风中
也感到一丝丝的温暖和善良

2018年7月17日,省政协鼓岭读书会

台风玛莉亚

玛莉亚，遍地是你的遗腹子呀
我一咬牙，朝着空旷之旷，喊破了嗓子

为了翻云覆雨地算计
翻江倒海来到人间
玛莉亚，风雨中你只落得个衣衫褴褛

在午夜，所有焦虑和不安的灵魂都已安顿
呼啸而过的，只是我的呼吸
玛莉亚，旭日东升
我许你一路金色的芒吧，并目送你远行

2018 年 7 月 11 日北京

黄 洋 界

红军战士的呐喊,一直没有散去
衣带般日夜萦绕在山间
迷雾中,我惴惴不安
攀上九十年前的一个隘口
山头上至今还在蹲守的钢炮
锈渍斑斑,却虎视眈眈地盯着我
当年没有炸响的那颗哑弹
卡在喉咙,像咳不出的一口痰
路隘,林深,苔滑
幸存者的关节隐隐作痛

途经此地,每一个旁观者
手中都握着一根扁担

2018 年 6 月 12 日井冈山干部学院

莲花一支枪

一生二，二生三，三生万物
莲花一支枪
对于年轻的工农武装的意义
正是验证了这样一个哲学命题
一支枪，本或混迹于千军万马
抑或灭迹于枪林弹雨
但是，农民贺国庆以家人之血
在枪身刻上自己的名字
祭奠这支命根子一样的枪
它就支撑起了一个民族的脊梁
"枪杆子里面出政权"
工农大众就以这一支枪
打出了一个红色政权

时至1949年10月1日
人民从此在心上
刻上了"国庆"两字

2018年6月1日井冈山
2018年6月21日改于福州

我窗外的鸟儿们

——临别兼赠中井院和师友们

我必须关心一下窗外的这些鸟儿了

久居井冈山的它们,二十天来

一直没有停止过诉说和讨论

无论夜里还是白天

也不管晴天还是下雨

它们的声音总临窗而起

有时热烈,有时动听

偶尔是简洁明快的一两声

打招呼似的,像在叫我

它们有喜鹊、斑鸠、麻雀和四喜

还有一些我不认识的,但是

它们所有的叫声我都听到

就像我们培训班的学习

它们一定也一次都没有错过

讲座、交流、考察、小组讨论

我所关心的,我窗外的

这些鸟儿们一定也都很关心

2018年6月14日井冈山干部学院

瑞金：叶坪红军广场

像一枚枚钉子，飞溅的弹片
把那群美丽的鸽子
钉在 1934 年的广场天幕上
十里之外的红军战士，感到了痛
并洒下了最后一滴血

白发苍苍的母亲
和襁褓中的幼儿，看见了
从未见过的会下蛋的铁公鸡
一声呼啸，一齐在大地颤抖的呼唤中
与前方冲锋中倒下的儿子
保持了同样的姿势

——一枚锈蚀的钉子
扎进路人的心脏
叶坪每一枚草尖上
都渗出一滴晶莹的泪水

2018 年 6 月 12 日井冈山干部学院

牺 牲 者

——兼赠红军烈士遗属池煜华

青山在大地之上,大雨将至
梦里的村庄返回故乡
但是泪水,将被雨水覆盖
牺牲者的血和荣光
也被雨水遮挡

如果一生只用一面镜子
日复一日,被照见的悲伤
远比时光漫长

大雨将至
青山在大地之上
返乡的路途已被野草埋葬
遗世的,唯有日渐矮下去的门槛
以及与骨头一起不断老去的村庄

2018年5月28日井冈山

烈士,或红色家书的隐喻

我渴望,埋葬思念的刑场
却是一个新主义的理想
信笺之上,牺牲也不及信仰
那些站起来的后人
必将在我倒下的地方
垒起高高的石碑,并看见
一同高高升起的太阳

井冈山上
所有的事物都深藏隐喻
射穿我的那颗子弹
是黎明前的信使,它点燃星星之火
照亮母亲一生的念想

"而面对我们的骨灰
高尚的人们将洒下热泪"

当万众之众,拭去烈士的血
扶正了正义的门框

一九二七,一条道路通向远方
另一条,直抵共和的心脏

2018年6月2日井冈山干部学院

于都,于都

请把充沛的雨水给我
请把七十年前的落日也给我

田野里劳作的人们
捂紧了十里河面的波涛与风声
门板和寿材守住一个秘密
风高夜黑遮蔽秋收时日的杀气

"长征,渡口,十送红军"
于都无声,水草丰美
面若桃花的客家妹子,望一眼
便耗尽我两万五千里的一生
河宽水深,鸥鹭翔集
于都河,章江贡水的分支
分出了中国的前途命运

请把远去的枪声给我
请把雪山草地消失的脚印给我
今夜,于都河的渡口

十万个美人月色般安静地等着我

2018年6月8日井冈山干部学院

当我来到莲花

我以为山的那头不是山了
可在水草相连之处
还是那翠绿的山的倒影
我以为昨夜的蛙鸣来自故乡
却是它们闯进梦里
给自己带来老家的土话

当我来到莲花
当我在老乡的院子里住下
呼吸之间,猛然想起有许多往事
落在乡间很多年

2018年5月31日莲花—井冈山

清　明

春光在一瞬间明媚了
低下头颅的人，心怀崇敬

肃穆的人群中有许多孩子
他们小小的脸蛋
在阳光下发亮，没有悲伤
树叶和花儿也都发亮

所有的悲伤
已被昨日的风雨带走
这正是先人的旨意
我在此刻想到了逝去的亲人
我的泪水在眼里打转
我忍着，不要悲伤

我低下头颅，合眼静默
我看见人世清明，大地辽阔

2017 年 4 月 1 日福州文林山革命陵园

桃花开了

可以是思念，像雨后天晴
也像绵绵春雨，总在下一刻
深深打动你

心像河流，想一个人
从遥远的故乡
蜿蜒到遥远的远方
熟悉的鸣翠，是你的声音
还是你的身影

雨落下，心有响雷
桃花开了
我的甜心在哪

2017 年 3 月 29 日

一片桃红陷入一个春天

一去经年,暗恋如和风细雨
却已以万种风情张开翅羽
在春天,穿过细雨的一声尖叫
也穿过了微寒的春夜

把春光摊薄,又把思念堆厚的
正是去年今日隐隐作痛的妖艳

在春天,漫山遍野
每一瓣桃花都是你的笑脸
一缕春风就是一声叹息
去年的女子
可在今日知返

乍暖还寒
一片桃红陷入一整个春天

2017年3月22日

惊　　蛰

此刻茶香上升，心开始沉静
万物在阳光下展露美

当月色当空，河流涌动
黑暗以黑暗之手遮蔽黑暗

一朵莲花打开一个世界
千山之外，心若菩提

看吧，是谁玉树临风
又是谁天使怀春

三月在月光下流浪
三月在每一棵树下轻轻摇晃

2017 年 3 月 5 日，惊蛰日

立 春 辞

从左海走到西湖
经过一些木栈道和石板桥
有几声鸟鸣,忽远忽近
几个垂钓者钓着小波纹

举手之间
躲在角落的三角梅冲出栅栏
枝节上那个刺,格外肉嫩
约一滴阳光兀自挂着
微风不起,也不见往年的蝶羽

橱窗里,漆画中的少女美目传情
以丰腴的身姿和如花的笑靥
暗恋一个季节,并在你的心中
刻下我的乳名
一个春天小小的印记

2017 年 2 月 3 日,立春

阳光照亮老屋

阳光照亮老屋
日子就有了温暖的旧时光
回不去的童年和故乡
被鸡鸣狗吠熏陶着
有一扇门却始终迎面而开

尘世一点一点地在眼前变慢
然后是光阴夹着草木的香
毫不费力地把你的魂魄
系在树梢迎风飘扬

阳光照亮老屋
也就照亮了我们剩下的时光

2016 年 12 月 9 日

莫　兰　蒂

赶在中秋之吉到来
这样的台风该有多浪漫
莫兰蒂，你把诗歌的种子
撒在太平洋以东广阔的洋面
而在台湾海峡给我捎口信
成为这样的风信子
我是多么的幸运
我在南普陀的山上看风景

秋天的阳光被遮挡
追逐美好的目光一再被流放
我的身体即将雨水充沛
秋风拔起的那些植物
将在我诗意的心中重新生长
莫兰蒂，叫你一声我竟热泪盈眶

在一朵云上看风生水起
也如在太行山下翻看书中风云
沿着一片树叶飘落的方向

所有的亲人都回到面朝大海的屋里
而我只想给你写一封信
莫兰蒂,莫兰蒂

        2016 年 9 月 14 日

中　秋

人们似乎更习惯于举杯邀明月
把万物作为歌颂的诗篇

白露降下，月色照看的身影被反复推敲
秋天便在一夜间分明

一个月亮在天上
一个月亮在身旁

深井边汲水的女子每抱怨一次
月亮就暗暗地亏缺一些

大地只有唯一一个出口
黑暗是通往暗夜的殇

月色苍茫
迷蒙中呈现的声音格外凄凉

2016 年 9 月 8 日

长 安 街

长安街长在北京中心
很早便是京城外男女老少的情人
许多人长途跋涉甚至出生入死
只为一睹长安街的惊艳芳容

夜幕降临,诗人歇脚在图书馆的咖啡屋
就会想起长安街的曼妙身姿
如果秋天再瘦一些
长安街的白天也许会更美一些

今夜,长安街避开万世纷扰
只为一个书香美女
安静内心

2016 年 8 月 25 日北京

立　　秋

一片梧桐叶轻轻坠落
金黄的姿态多么优美
这么诗意的过程,没有人留意
却在微风中,与秋不期而遇

有一些虫子落草为寇
有一只蜻蜓想给秋天写诗
翻飞的蝴蝶惊讶于优雅
忧郁的诗人心思越来越重

蝴蝶的翻飞中,所有的树木
开始哲学的进程
梧桐一叶落,天下尽知秋
是日,我想给自己
换一件干净的长袖出门

2016年8月7日立秋之吉

时间来到这个灿烂的早晨

时间来到这个灿烂的早晨
所有的喜悦都在茶水中微醺
波澜不惊的还有
你明眸中的春天以及
手掌里的乾坤

阳光静静地打在玻璃上
感恩的人放低了身段
你便看见了上天的祝福
家有余庆，祥瑞传芳
美好的字眼让人怦然心动
万世茶香皆奉祖上荣光

每一次端起茶杯
蝉鸣和风声已在窗外
你内心沉静而虔诚
深知所有的日常卑微但也高尚
它们多么接近一棵百年老枞的期望

2016 年 7 月 31 日武夷瑞芳

太行山下

——题赠吴敏太行山写生画

让我把家安在山脚下
让我住在离神仙更近的地方
我的灵魂干净,思想单纯
每一日只是房前割草屋后放马

每一座山上都住着一个神仙
他们宽厚慈祥神通广大
把每一个树木石头都神奇点化
太行山下,开门见山
每一个窗前都是一幅画

太行山下,我将辟一条小路
可以蜿蜒陡峭,但都铺上旧石板
留一些先人模糊的足迹
就像宣纸上走水的纹路

千里太行巍峨险峻
断崖之上,我心如垒石
时有鸟声蝉鸣,喂养着每一棵小树

晨曦之后,却纸落云烟

太行山下,零星的鸡鸣狗吠
也会让你把遥远的故事想起
我在晨昏之间推开篱笆
你在落笔之时把炊烟燃起
云雾缥缈你便抵近仙境

太行山下
心若佛国,万物空灵
尘世浮华唯留一幅心画
让我安家

2016年7月21日

那时的桃花

美过春天之后,桃花就入诗入画
面对一粒桃子,你放弃了缤纷的意象
那些春天的艳遇被忽略
内心闯入一个丰满的词

大暑之后,如约在漱心斋里看桃花
你顺着最高的热浪
放低自己,并安静下来
然后在一本书中认真寻觅
仔细翻出油墨香的桃花

如果沿着春天沾露的路径
你便回到了儿时的故乡
眼下的情节就像祖屋的堂前
亲切而怀旧
摆放着你青春勃发的想象

好吧,那是桃子,这是新茶
沏茶的美女正是那时的桃花

2016年7月23日深夜

七月，金陵细雨

随心而动是七月的丁香
我想起了戴望舒的雨巷
夜微凉
手中的油纸伞
撑起泛黄的点点灯光
心头升起丝丝缕缕的暖

心如细雨，随风飞舞
艳比黄金的梧桐叶
一片一片紧跟零星的脚步
婀娜多姿的女子就在前方

我在南京，七月流火
看一眼细腰愁雨
陆小曼的诗歌随风飘荡

2016年7月1日

在 李 岳

在李岳，稚嫩而翠绿的禾苗
被期待了整整一季
从一个田亩到另一个田亩
希望就被农人种下了

在李岳，这个偏安一隅的小山村
我在朋友的茶厂安静地坐着
看一群燕子在房前飞来飞去
想象它们对农忙该有多么的好奇

在李岳，枕着有烟火味的茶香
我在正午打了个盹
迷糊中竟然泄露了心中的秘密

在梦里，悠然见南山
下一刻，潜心在李岳

2016 年 7 月 6 日武夷山

在风雨中塑造

灾难像坏蛋一样,准时出现
树倒下的地方,绿色被迅速补上
年轻的军人,不分男女
污浊的脸上,展露干净的笑容
摄人心魄的美
闪电一样撞击我

七月泛滥在梅溪之上
堤坝酝酿了洪水之殇
风雨中坚守的人,以及
年轻的身躯被洪峰带走的人
他们是另一座堤坝,坚守着
就像坚守良心与信念

他们是神,在风雨中塑造
我看见,疲惫的灵魂
在泥水中随意安放

2016年7月12日

台风或台风前后

该如何描述这骄阳的毒辣
比如一个歇斯底里的女人
惨白的狂妄,源自内心的苍白
乌云背后蕴藏的燥热
让安静的树叶都低下了头

台风就要来了,火焰匆忙赶路
着火的尘埃烧红了晚霞
扑空的白鸽子全都回了家
看吧,风雨过后
山河依旧
大地之上行走的人们
内心平静,面若桃花

2016 年 7 月 7 日至 8 日

天上人间

——武夷山写意

那些白云,多么像儿时的伙伴
亦步亦趋跟着我
在蓝之上,在蓝中间
他们是天使,和我在游戏
他们的表情明显的快乐

也许是神兽,守护着天上的蓝
和我刚刚路过的大片大片的绿

所谓天上人间,就是
刚好我来了
却分不清楚哪是天堂
哪是人间

2016年7月5日武夷山

天空更蓝

白云被扯得更薄
鸟声被清洗得更脆
太阳也被洗过
天空更蓝树荫更低

这是对雨水的严重报复
毫无疑问
此起彼伏的蝉鸣
收藏了暴躁的雷声
让天空比蓝更蓝
阳光比白更白

门前那棵树上
我们一直惦记的松鼠
好久不见了

2016年6月20日

小　　荷

夜天使的一滴泪
蕴藏太阳全部的光
晶莹、圣洁
那是我小小的心眼
住在荷中央

头顶晨曦的少年，荷池边
捧读诗书
小荷，才露尖尖角

微风中，我听见
一滴处女的尖叫

2016 年 6 月 16 日

梅　雨

入夏的苗圃，花红花白
雨水中被分开
雨水滂沱，掩盖不了女儿的发烧
我侧身，躲过咳嗽
用额头贴近额头

小小的脸蛋
一朵小小的梅，看吧
春日的两声鸟鸣，高高在上
留在青翠欲滴的枝头

一个被期许，一个被错过

2016 年 6 月 15 日

芒　种

在诗中安排她从麦尖抵达
太阳的第九个女子
端坐身旁，你渗出了第一滴汗

田间奔跑的孩子
掀起初恋者心底的麦浪
他们在一场雨水之后
开始写诗

浪漫的爱情
已在日常的劳作中播种
那个最美的女子
回眸一笑，你可看见
秋水伊人，万里长天

春宵一刻的千两黄金
已在五月锋芒崭露

2016年6月6日

端　　午

这一天的神祇兴致很好
随身携带的万世权杖
关照花花世界
所有的水面都呈现暗物质的光

勤劳的人们登高望远
农忙之余的生命虔诚地问天
每一座山头都笼罩着十个太阳

下一刻便万众欢腾
急骤的鼓点都是金子般的汗
先祖的激愤
却一直在五千年的心河漂泊

2016 年 6 月 7 日上海朱家角

荷　花

择一个雨过天晴的午后
脚步轻移跨过明清的小桥
邀一个叫李清照的女子
一起去看田田的荷叶
如何在一首诗词中
婉约

水波涟涟的荷池中
那些识趣的鱼儿径自游戏
它们听得懂爱情的呢喃
却记不住一掷千金的承诺
唐宋的一枝青莲独自在水中羞涩

拐角来到旧时的坊巷
落日的余晖金子般水润
茶席中的女子宛若出水芙蓉
每一缕水墨丹青都有莲的心事

2016年6月11日

岩骨花香

一片树叶
承载太多的历史与传奇
岩石的韵和木头的香
守住命的山场

一片树叶
足以把人砸晕
一滴水也可以让你窒息
安坐你微笑的对面
咫尺天涯
岁月在水中绽放如花

一片树叶,让我
有了足够的耐心与高贵
这一刻,把时间含在嘴里
把幸福藏在心间

一种爱,如果叫岩骨花香
请在茶艺的程式中

任时光敲碎我的骨头
把我埋葬

2016年3月7日

小　　满

父亲站在田埂
他腰肌劳损的汗
足以把四季的禾苗浇灌

母亲在水缸前一遍遍弯腰
游子的行囊只装得下她
久经风霜的一根白发

父母亲喊我一声
——回家吃饭
温暖的泪水
就要涌出我青春的双眼

注：《月令七十二候集解》："四月中，小满者，物至于此小得盈满。"

2016年5月20日小满时节

木 棉 花

春天的木棉花,大朵大朵地落下
像粉红的天使
从天而降
布谷鸟的声音穿过夜幕
春天正要远去
初夏已经来了

树枝之上,百鸟欢唱
一夜之间满树嫩芽
明媚的阳光
照亮无数的笑脸
她们是昨日的鲜花
爱心焕发的神话

你的大爱让我惊讶
木棉花,木棉花
鲜花之后,绿茵如画

2016 年 5 月 15 日北京

桃花里的春天

你从宋词里走来
在春天穿上婉约的嫁衣
阳光雨露滋养着
美了你的桃红
还有身旁的李白

三月的雨随风飘舞
成群的少年
打马跃上春天
为一朵初绽的桃花
酌酒饮茶写诗画画

夜莺在古典的春天
以颂歌的名义
划破了黎明的指尖
一滴血
镶嵌在爱情的眉间

你从宋词里走来

在桃花劫里回眸一笑
打伞的少女
瞬间就桃红了山野
回到唐诗的骨朵
突然扎进我的心尖

2016年3月30日写于古田桃花节

厦门湾南岸拾零

双 鱼 岛

落日和海鸥看见的
你都看见
落日和海鸥没看见的
你也看见

(从 1872 年的海域
结伴同行的两只白海豚
嬉戏在厦门湾南岸的海心)

一个哲学的寓言
伴随一个蔚蓝的神话
在厦门湾南岸
悄然出现

码头与堆场

风声在远处
远处有山光水影
阳光庞大
空旷得窒息的不是我
也不是我的呼吸

川流不息与车水马龙
在机器猫的回眸里
风生水起

积木在时间的衔接处
不断走动

南炮台·民兵哨所

哑火的炮台
伫立成单筒的望远镜
未来是它看见的风景

沉默的石头

站成斑驳的历史
它听到的海涛
是蜡黄的旧时光
一夜之间,它已面黄肌瘦

我来的前夜
关于一个时代的大词
它们有过彻夜的争论
我登临的那一刻
被注释为——战争与和平

山地生态园

艳阳高照的每天
我栖息在两棵苹果树的吊篮上
身旁是一只未谙世事的小狗
还有一把锄头
上面停着一只花蝴蝶

灯火阑珊处
杨梅花开的声音
就像邻家扎姆的家乡小调
拼读生字的稚嫩童声

是白玉兰的香

三两只调皮的萤火虫
随风飘荡

我微醺的鼾声中
小狗和锄头、蝴蝶正捉着迷藏

2011年6月19日

汀州意象

我望见母亲河的源头
远远地侧身在高高的山上
她秀丽的衣装覆盖我
绿荫如盖的乡景
是赤脚孩童的梦想
还是游子痴痴的守望
红土地绿山冈
这是我的衣食之邦

骄阳遮不住的青山秀水
滋养着围屋里祖辈
殷实的时光
湿地公园的水鸟,是否
惊动了荷叶碧绿如洗的梦乡
店头街的锡壶和水烟筒
传过来客家话的味道
一声吆喝
我又看见狗尾巴摇曳的童年
这是我的父母之乡

走在水墨大同的过道上
我写下秀水如汀
我用我的一缕墨香，寄托
一个书生的梦想
秀水如汀，她的名字叫汀江

2014 年 7 月 17 日

阳光的芳香是你的

你用心寻找栖息的枝头
在城市这座森林里
枝繁叶茂的细节
令人眩晕
有时,风生水起
有时,风和日丽
你在日常中感到些许的累
你的翅翼独自飞翔

其实你更愿意是一匹马
一匹有漂亮皮毛的枣红色野马
脚踏实地自由奋蹄
所有的梦想都驰骋在
心灵广袤的草原上

每当夜幕降临
远处那些若隐若现的灯光
偶尔给你带来孤寂与忧伤
偶尔让你看到故乡

知心爱人温暖的目光
他是你的影子
围绕你是
自由、幸福、快乐与荣光

而每一个明天
太阳都将为你升起
阳光的芳香是你的
幸福的睡眠也是你的
你的梦想纯静
永远只留在美好心灵的画布上

2009年1月20日

第三辑

天地之间

突然对泥土感到亲切
突然就春暖花开,雨水充沛
——泥土供养我的祖国
也曾供养我的疼痛和我的老父亲

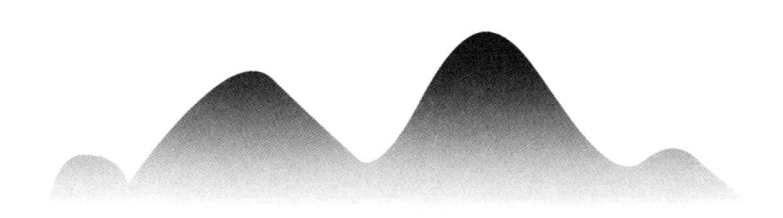

9月1日，秋

起风了，但它没让我看见
应该是从昨夜的窗户缝
悄然爬进来的
我在清晨的梦里感觉到了凉

天凉了，树叶泄露了秋的秘密
一切都是时序安排好的
是谁家的孩子
用了那么多的色彩给叶子做标记

开学了，女儿的马尾辫随风起伏
小桑树上飘扬的红领巾
也是秋风给吹红的吧
真像被我赞美过的春天的桃花

2016 年 9 月 1 日

搬不动的思念

这些年,母亲一直在时间的两端
不停地来回搬动两个城市

从我的出生地,母亲搬来
番薯、南瓜、草根、土鸡、咸水鸭
恨不得把所有的家当都搬过来
女儿说,母亲在中间一小段
还抖落了许多唠叨、抱怨和八卦

然后,在我的城市里
母亲多少个包来多少个包去
搬走了我的离愁、别苦和牵挂
搬来搬去,在我和故乡之间
时空距离总被反复拉长
而日渐年迈的母亲,身子骨却不断地
矮下去

殊不知,母亲她搬得走的是尘世
和尘世之上附着的东零西碎

搬不动的是灰尘一般慢慢堆积的思念
以及儿子一首诗里的江山

2019年11月6日

藏在春天的快乐

春天的山头长满翠竹
孩子奔跑在山路上
泥泞的裤脚甩下一路欢笑

用尽全力挖到一颗春笋
孩子把沉重的书包
丢在爸爸的车上
把脏和累丢在了山上

孩子微笑着拍照
像胜利归来的士兵
举起她的战利品
原来童年的一些快乐
藏在春天的地里

而此刻,我把自己的童年
种在孩子的心上

2016年4月7日

茶　香

你是半个主人
在一杯茶里微醺
看不见半点推杯换盏的媚
我递过去的,你全都接住
包括欢喜悲伤

我也是半个主人
在八月吹来的和风之上
我请时光慢了下来,让它和我一起体味
大榕树下兄弟我亲手沏的
透彻心扉的茶香

是时候该安静了
把世界交给污浊的河流
在高高的山冈,看
群山缥缈了
小鸟围着太阳歌唱
父母安康,祖国安详

2015年8月27日

茶　遇

从荷兰或英格兰的郁金香
跨越大武夷的灌木丛
有时只需一座明清的石拱桥

其时夕阳西下，温暖如春
阳光恰好路过柔软的你

如果以鲜花和本草的名义
遇见最纯净的一滴甘泉
万世圣贤便以简朴的山水
滋养高贵的风骨

而你只做书童，禅意漱心
以一瓣书香，安抚一段熟悉的睡眠

2017年2月7日西湖漱心斋

初夏的事

花草们都争先恐后
在四月的西湖边簇拥着
她们虚构了一个夏天
急不可耐要和女儿嬉戏
共享一场花香和鸟语的盛宴

有只蚂蚁似曾相识
在木栈道上径自摇晃
我和女儿耐心地守候着
就要错过了白玉兰的花期

太阳升到树上啦
女儿声音甜美
却被一群麻雀起哄
我看见,一滴汗珠
在她额头,青翠欲滴

2017 年 4 月 10 日

春日清晨的喧嚣

每一个早晨醒来
我都相信,你们的喧嚣
是春风的延伸
也是春雨打在花树上的写意

春天的野鸽子
你我共一个庭院
脚步悠闲而豪迈
多么美好,崭新的晨曦
温暖着大榕树下的时光
照亮我们喜悦的身影

喧嚣是必须的,我终于明白
春风春雨和鸟鸣
多么适合我的诗意
多么适合这些清晨

打开往年的诗册
就像喊父亲起来沏茶

我要告诉每一个春天
下一个季节
我和我的爱人盖一座房子
只住树梢里的喧嚣
我要让所有的鸟儿
看见我和父亲阳台品茗的身影

2016 年 4 月 16 日晨

春天就像失散多年的亲人

太阳出来了,小鸟也出来了
春分之后,大榕树便欢欣鼓舞
接二连三说出各自的秘密
她们的孩子有两个心事

阳光照亮树叶的小脸蛋
鸟儿急着给小果子当信使

阳光更艳一点,鸟声就更大一点
鸟声大一点,树叶拽着果子就更欢一点

她们猝然来到窗前,像极了
我那些失散多年的亲人

2020年3月24日湖东小院

春雨滴答响

春夜雨里的滴答声
在他乡和故乡都一样,又不一样
故乡的黑瓦片,因此更黑了
水田里的秧苗更油亮

在他乡,我的心却在悬着
明天女儿上学路上
该怎么走,得穿什么戴什么

偶尔,我也会想起,千里之外
再也不能下田种地的白发老娘

2019年2月18日夜,雨

大爱闽江源

——福建省统一战线 2010 抗洪救灾颂

阳光灿烂的六月盛夏
突发一场特大洪灾
花香鸟语的闽西北
险被淹没成片片废墟
那是一些怎样的时刻
汹涌的激情
记录了排山倒海的浊浪
那是一些怎样的日夜
锋利的词语
被注释为应声滚落的石块

一轮朝阳喷薄而出
大地依然温暖如春
一方有难,八方支援
患难相惜,守望相助
铿锵的声音响彻八闽
真实的光芒照亮人心

一个个身影在山水间涌动

一句句誓言在季节里传颂
闽江源，闽江源
可亲可敬的生命之源啊
我们是您哺育的儿女
您是我们血浓于水的根源
而列队而出的人们
他们来自各地各界各行各业
他们用最坚实的脚步
连接农舍的袅袅炊烟
用最温柔的心灵
温润沾着泥水的琅琅书声

真情献桑梓
大爱闽江源
时光定格美丽的节点
此刻，请让我们用庄严的敬意
记住他们朴实而闪亮的名字
并以春雨的名义
以彩虹和阳光的名义
见证光荣的时刻
爱国统一战线的光辉旗帜下
心手相连大爱无边
川流不息的闽江啊
永远在你我的内心
幸福流淌

2011年1月20日

大寒之后

大寒之大,远不及寒之深远
窗外的鸣笛冻住了
雾气之上,女儿写下了诗歌之名
我面迎朝阳,走在玉兰花树下
这赶春的朝阳,高贵而温暖
有一些人在阳光下
认真安放母体而始的睡眠
有一团火焰昭示我

走向通往被朝霞爱护的小学路上
我知道,大寒之后
就是诗人海子说过的
面朝大海,春暖花开的春天

2019年3月5日改定

恶 之 花

提早醒来的身体
与不肯睡去的灵魂
世纪之殇,溺于蝉鸣

斗室之温已经失控,如情绪
也如灾难中的忧伤
或将倾的帝国

卑鄙者的安魂曲,乌鸦一般黑
深夜马路上的一声呼啸
为苟且的躯壳敲响了丧钟

像乌鸦一样无耻的,还有一个
噩梦中攀龙的女人

2018 年 7 月 4 日

儿童节，今天有雨

我要小心了，潮湿的地板上
青苔熙熙攘攘地挤出来
大地缜密的心事，不知算计到哪里了
现在，茂密的树叶也接不住
淅淅沥沥的雨水了
它们正窃窃私语
隔着窗纱，我听到了一些秘密

我要小心了，春夏之交
大地和天空都显得幼稚而天真
总也分不清阴晴冷暖
童年的那只小蚂蚁
我一定要仔细地看着它
小心翼翼地走过那片青苔
万一滑倒了，我的屁股会湿一大片

我要小心了，今天
阴，有小雨，六一儿童节

2018年6月1日井冈山干部学院

父 母 国

请让我回到遥远的故乡
重新熟悉粮食和蔬菜
用一整个雨水洗过的下午
坐进我的父母国
与亲近的人们围在一起
探讨饮食、养生和四季歌

后来我反复诵读一个词
它已在内心种植了许久
走进那个青狮岩的时候
我顺手抓起了一抔砾土
好像抓起一味叫当归的事物

那么,岁月里奔走的饮食男女
路过一本书的时候
请停下来歇歇脚
把故国家园的每一个细节
放在胸前,轻轻按住

2016 年 7 月 10 日

感 冒 记

这一股春寒料峭,乘虚而入
趁夜深人静,袭击了女儿的体温
随即转身又偷袭了我

就像白日里遇见的那些小人
春风满面却笑里藏刀

这个阴险的四月,再次以春之名
伺机对我谋财害命

幸亏我起身之时
一声哈欠,闪着老腰
把它吓得汗如春雨
瞬时虚脱

2017 年 4 月 25 日

国庆。每一寸山河

国庆日。我在办公室值班。就是
有一寸山河我在值守

先烈们用鲜血和生命铸就的墓碑
是他们最后的一寸山河
墓碑上描红的名字
是父母心中永恒的另一寸山河

父母亲的目光。注视在你身上
是他们一生牵挂的山河
阳光照耀大地。滋养你的骨骼和血液的
是祖宗给你的至高无上的一寸山河

我在键盘上敲下的每一个方块字
是我此刻拥有的山河
"你怎样,祖国就怎样"

有一寸山河,是我的立锥之地
每一寸山河,都是我的家园和祖国

2019 年 10 月 1 日湖东小院

回 乡

动车安静并且直挺
一个人躬身走进车厢

看得见的行囊和隐蔽的去向
把爱和乡愁代代相传

一去千百里,一去三五年
动车直来直去暗喻了归心似箭

车已动,心更慌
一句乡音突然在身旁叫响

2016年8月27日福州—龙岩

江山美人

如此多的江山美人
被一个周末冬日的暖阳依次照亮

躲在书房里写诗作画的人
早已忽略了农闲的时光
在一阵紧似一阵的年关气氛里
任由线条、概念和色彩在思绪中凌乱

在泉州新门文化街布展
忽觉宣纸上的那个美人
温婉移步来到水墨的江山
每一个细节都有朱砂注解
朱砂美人痣般鲜艳可人
点燃看客心中不灭的焰火

是日,十里街区皆为红袖添香
我在这一刻的茶席之上
暗自爱上一个有温度的茶盏

2016年12月25日深夜

今生此刻

一定有光明的种子被种下
那些闪电藏在春天
雨在夜里落下

一定有灿烂的笑容被记起
那些花儿盛开着
最初的惊艳没有变化

一定有绝世的诗词被传颂
那些鸟儿纷纷扬扬
鸣叫在四周响起

一定有刻骨的念想被牵挂
父母亲起早贪黑
墙上的钟摆不曾停下

2016年6月3日

旧 书 柜

旧书本,看破了红尘
躲进每一个午后的角落
任凭知识的河流,像老泪
一样落寞流淌

啃噬灵魂的,不仅仅是岁月
还有昨日信誓旦旦的
冰冷的诺言

蒙尘的旧爱,熄灭了火焰
文字也终将失去了墨香与温暖

如果,时光不常来
翻动那些所谓的理想
它们
有一些将无疾而终,另一些
则落魄而亡

2018 年 7 月 15 日

六月流火

想着九个太阳曾经高高在上
想着那些雨水曾经的狂欢
我们虔诚地把祖先纪念

青山远黛已经入画
千里之外是回不去的故乡
六月流火,莺飞草长
想着这些,我的内心
竟充满敬畏和感恩

酷暑中路过我窗前的人们
我画一些春天给你吧

2016年6月23日

路过校园

这些被秋日暖阳酝酿的喧哗
在梦中邂逅,有稻草的香
我回到了书香时代,汗洒操场

百鸟都安静了,面对孩子
世界的内心像水一样
干净明亮

路过校园,那么美好
转身就看见同学少年

2016 年 9 月 3 日

梦　乡

如果在梦中,把理想都种下
醒来,必定会有一些能够实现
比如把十二月的日历,翻到最后
你就回到了五千年前的元旦

比如,说起父亲
你就回到了母亲的故乡

2020 年 12 月 28 日

母　　亲

母亲每日固定要去买菜，或者走一走
即使不买菜，也要捎带些喧嚣回来
以便在孩子们上班上学之后
从随身携带的布袋里
翻出些热闹给自己做伴

想起母亲曾经小心翼翼地
在自己面前唠叨一些琐事
我就内心惶恐：和她在小区石板路上
小心翼翼走路的样子
竟如此惊人的相似

——"母亲这么好，岁月别伤害她"

母亲，您的身板是弯的啊
比我每日回家的这条小路还要弯

2018年5月13日母亲节

那么多的笑脸

——写在女儿幼儿园毕业典礼上

季节轮回中的梦想
现在展开,像向日葵
在结业式的典礼上开放
那么多的笑脸,让我看见
那么多的笑脸

一只蝴蝶在微风中醒来
又一只蝴蝶
草丛中呼喊着草叶
孩子们的笑声漫过来
像母亲的手,轻轻拂过
彩色的翅膀忽闪着

现在请安静下来
看阳光在叶缝中洒落
优秀的种子瞬间绽放
学年中奔跑的老师
一个词汇脱口而出
亲爱的,你是整个世界的幸福

2015年12月30日星期三

泥　土

突然对泥土感到亲切,就像食物
对欲望的吸引,在春天的一个下午
忍不住握一把泥土,犹如
握住母亲的双乳,踏实、温暖
就像童谣哄熟的梦乡,泥土
沉默、拙守,供出大地的柔软
和种子的闪电

突然对泥土感到亲切
突然就春暖花开,雨水充沛
——泥土供养我的祖国
也曾供养我的疼痛和我的老父亲

2020 年 3 月 17 日

女儿的春天

春天带女儿去西湖公园
春天的阳光,便明媚得
像女儿的眼睛
公园里的花草争奇斗艳
各色各样的花,开在春天
就像女儿红苹果的脸
红一阵粉一阵,在春天里闪现

奔跑在花树下,女儿看见
有斑鸠麻雀在跳动
"小鸟,过来。"女儿喊一声
鸟儿们便回了下头跳开了
树叶的缝隙间,却落下
太阳鸟一片

春天,在小鸟的鸣叫中
又闪亮了一遍

2011 年 3 月 16 日

女儿发烧记

女儿用尽全力奔跑着,操场上
尘土飞扬的那架马车
追着天真的她和她爽朗的笑
旗杆下安静伫立着
另一个她,正大声朗诵
关于春天的文字
以及不断爬升的数字

女儿手舞足蹈,挣扎着
被窝是她成长中一个巨大的束缚
她以三十八度五的体温
点燃作为童年的呐喊与梦想

我惊醒
女儿大汗淋漓地瞪着我
——不要碰我

2018 年 11 月 27 日

七夕情人节

所谓七夕,在诗词和鲜花中陈情泛滥
我只祈一颗星,带我滑落
途经银河,偷偷望一眼织女牛郎

星河之下,两个情人在温泉
一个前半生牵手
一个后半生牵挂
我在夜雨落下的那一刻
独自耕田

但是七夕,必须有个婉约的人儿
明眸皓齿地歌颂爱情
可以明月当空
也可以让安徒生的童话
下一整夜的流星雨

今夜,七夕在七夕里祝福快乐
我亲爱的女儿,将在下一节的作文课上
读我给她的一封信

2016 年 8 月 9 日七夕夜

去石圳看廖俊波

看见了你端坐的姿势,俊波
你用你标志性的微笑,对我说,坐吧
能到现场就不要在会场
现在我们把理想和信仰摊开
把不够干燥或将要霉变的部分
认真梳理然后再仔细剔去
就像一块政和白茶饼
清香留下,与水相容

在石圳,我来到人群之中
一拐角我就看见了你
我喊,俊波,天热,我把村头刚买的斗笠给你
你似乎没有听见,又以你标志性的微笑
消失在田间地头

我踏进屋里,帮你理了理文件材料
然后端起你办公桌上冒着热气的茶杯
呷了一口,心头一热
泪水不由得从眼里涌了出来

2018 年 6 月 24 日政和—福州

日　常

需要一个习惯，把日子里的细节打开
与开门见山的人有所不同
话语如昨夜星辰，平淡成一种铺张
阳光正好，也被依次打开
他们像一早出门刚刚归来的亲人
风尘仆仆的样子，印证了
立秋之后摇曳的叶子

看见了起早的人，也感到了随窗入内的风
至亲的人都是这样，每每开门见山
给你舒筋活骨的伸展，却从来不曾有殇

借米度日的人，与你有约
正从遥远的远方赶来

2020 年 8 月 13 日

史蒂芬·霍金

你把时间修饰了,那些
遥远的鸟鸣
你把黑洞暗喻了,那些
闪烁的星辰
你把宇宙重塑了,那些
深邃的光阴

史蒂芬·霍金
在伽利略的忌日出现
在爱因斯坦的诞辰隐身
用一个单位的时间
让生命之树在简史中永恒

史蒂芬·霍金,这一刻
全世界忽略你的眼神
你把时间折叠起来了
用薄薄的一张芯片
概括你在俗世维度里的一生
去到另一个宇宙

以神的旨意发现新的真理

今晚,书写已经失去了意义
人类的思想也成了暗物质
作为科学史的遗腹子
我们看见夜空中唯一的流星

2018 年 3 月 14 日夜

水做的时光

水做的时光,接近天堂
轻得像风,比云更快更轻

水中嬉戏的女儿,更像豹子
天真爽朗的笑声
鼓起晶莹而细腻的水波
一低头我便看见美丽的纹理

可以让微风带一丁点月光
掺进满池的粼粼波光
许月光如水,心有微漾

水做的时光,复归童真的天堂

2016年7月27日晚,天元泳池

她们是我的孩子

她们是我的孩子,当空气上升
我要再次说出九十九朵玫瑰
以及它们背后的隐私
现在请都安静下来,你们看
她们是我亲爱的孩子
她们在空气中继续上升

她们是我的孩子
那些紫绿的骨朵,我们多久没有亲近
我们来不及亲近,她们的稚嫩
瞬间摧毁曾经的天真
失语的花季
就在悲怆中失语

她们是我的孩子
如果春天还将来临
当空气上升,带走她们的笑靥
以及我们最疼的怜悯
我们谁将看见,谁的眼泪在飞

又是谁,将淹没玫瑰的泪水

她们是我的孩子
她们在空气中一直上升

2010年8月4日

我带家人去看海

每一次到海边太阳都特别大
远处是海浪阵阵
近一点的地方是一块块沙滩
它们已被小商贩们私分
更近一点的地方是热气
它们也一阵阵翻滚
像海浪拍打海岸一样拍打我的脸

妹妹忘了带来墨镜
她第一次到这个海边
热情的海风没有把她当生人
商贩的吆喝里所有的人都是客

今天,我只是利用假期
带家人去一次海边
阳光却表现出如此的热烈
我转身戴上深色墨镜
我知道有时候黑也是一种明
可以让我们看得更清晰

2016 年 6 月 10 日福建平潭

我 的 生 日

刚刚过完母亲节的母亲
还缺少一个电话,我觉得

五月十三日。上午。我问候了
一辈子作为农民的母亲
她原本并不知道,还有一个母亲节的

年迈的母亲告诉了我一些
从神明那里得来的,我必须知道的重要事情
我在电话里不停地点头称是
但是母亲并不知道
其实我更在乎的是另一件事

我一直在想,要不要告诉母亲
今天是我的生日,母亲啊
您忘了,今天是您的受难日

2019 年 5 月 13 日

我和我的祖国

该用怎样的一种姿势
把思想端出,在阳光下一遍遍淘洗

趁雨季来临之前
把年岁的四个轮子卸下
你在屋后种菜,我在房前养鱼
在作息的间隙
把每一个院子打扫干净

如果我和我的祖国结婚
谁是门槛上结绳的人

         2016年7月4日

我看见青布衫

这个清瘦的老人
有着朴素的道骨仙风
在小区,日出日落
都在雷打不动地反复清扫
这片并不属于他的地方
(扫帚的节奏、音量和程式
却与心灵如此契合)

让他如此专注地打扫着
他的内心,一定有
一块特别干净的田地
要倾其一生的时光,去扫净
他所看见的每一个角落

扫地和诵经一样
都是一个禅修的过程
我看见青布衫,就听见暮鼓晨钟

2018 年 12 月 23 日

我似乎在夜里梦见了你

我似乎在夜里梦见了你,伯父
你骑着那辆老旧自行车,沉稳、帅气
更有历世的坦荡与安宁

这是在老家县城街头的景象
从陌生到熟悉,再从熟悉到陌生
这个少小别过的老家,你曾经
用一辆自行车反复推敲无数个日子
直到你和自行车一起躺下
仍然没有悟出它对于你的意义

从今日起,伯父,你可以一个人
安静地认真思量这个困扰你
一生的老问题了。从今日起,伯父
请你推着那辆日益老去的自行车
继续去向你想去的地方。从今日起
伯父,请你走的慢些,再慢一些
并在这个阳光明媚的四月里
去遇见你的另一些亲人

2020 年 4 月 9 日

夏　燥

噪声宏大，无尽的蝉鸣
掺和无尽的嘈杂
让我不得不相信
松鼠和鸟儿全都败退
深藏在光的背后

季节也受伤了
它们破坏了一颗青果的心脏
接着又破坏下一颗

树叶像耳朵，喊不出痛
却一律耷拉了下来

2016 年 6 月 30 日

小 木 屋

我要在山间造一间小屋
那种只够三两个人住的小屋
用山里的各种木头
按童话故事里的模样
并用余下的碎木片,和新拾的柴草
在一个又一个的雨夜
和你一起烧火煮茶
有时谈笑,有时呆坐
茶叶是你在山中采来的
水是我傍晚去山涧提来的
剩下的半桶水,我们浇花
或者在一个又一个的晌午之后
一起去屋后喂马
我在马前说话,你在槽里拌茶渣
小木屋在墙上,用山里纯净的阳光
照出我们仨的图画

2019年3月5日

遥　　望

有一条大河,在祖国的心脏
川流不息。当我仰望星空

大河就流淌在我心中
教科书里的锦绣河山,我已看见

当我遥望,我泪流满面
我不能替每一寸土地说出秘密

也无法给所有的树木命名
但在十月,我听见春风拂面的声音

每一个熟悉的和不熟悉的,都像亲人
他们在村里和我谈笑风生

"没有人可以阻挡河流的去路"

在东方,我的人民已经出发
有一条大河,必将流经我的故乡

2020 年 11 月 4 日

一朵不在春天的花儿

像一朵不在春天的花儿
那个决意要坠落的,是你的妹妹
在微风中轻易就要坠落
曾被雨水击中或被阳光灼伤
春风不解,天气无常
你看着,心起微凉

强壮的树干撑起旺盛的枝叶
如果是森林,它晨昏不想,也波澜不惊
它看不见尘世的忧伤
大树脚下的泥土,埋着你的祖先
也覆盖着祖辈的梦想

像一株身姿婀娜的小柏树
那个决意要坠落的,是你的妹妹
她已离开春天,她就站在悬崖边上
像在等着下一场风雨扑面而来
等着下一片树叶随风飘落

2018年8月25日

一个人的广场

一个人的广场,一朵小花
就可以守住所有角落
细雨如毫,也足以遮蔽寂寥的空旷

在落日和晨风之间
在蝉鸣与鸟翼之间
鸦雀无言

一个人的广场
乡愁和相思无处摆放
亭亭玉立的
唯有你心中无边无际的念想

2018 年 7 月 24 日青岛

一个声音呼喊着您的名字

——为中国共产党成立九十周年而作

我梦到,上海树德里 3 号
巨人十三步之外
南湖的红船朝向东方
前行的航灯一直亮着
水能载舟啊,逆水行舟啊

一个声音呼喊着一个名字

我看到,红旗跃过汀江
直下龙岩上杭,闪闪的红星
从湘江之畔逶迤而至
绵延不绝,直到井冈山上
星星之火,可以燎原

万众之众呼喊着一个名字

我听见,黄河长江咆哮着
从太行山到西柏坡的距离
用血肉之躯一寸寸丈量

信念在万里河山间挺直了脊梁

整个中国呼喊着一个名字

我想到，五十六个姐妹兄弟
从天安门城楼向南海渔村遥望
从长城内外到阿里山，从跑马场到妈祖阁
九百六十万方的陶瓷
每一片都缀着龙的图腾您的形象

一种感念呼喊着一个名字

今天，站在同心楼的某个窗前
我双目远眺，手抚胸前
脑海里只有一个念想
民心天下，万世绵长
我在心中喃喃自语道

我爱您，我敬爱的党
我爱您——中国

2011年5月13日生日之夜写于闽江之畔

一种乡音是一道弯

在梦里,甚至把动车误过
就像许多的小鸟,时序忽略了
每一个位置都不曾逗留

一样的天空空了下来
白云也跟着一起
把一些印象最深的记忆漂白
树木背后,念想一段段兀自成长

下一站,我迅速折返
我担心这么薄的一张车票
载不动那么多的托付
一下车,就听见一个声音喊
在这里,是不是就要拐弯

到达的表达,却从不曾迟缓
一种乡音只是一道弯

2016 年 8 月 14 日莆田

有风把羽毛吹乱了

是谁,给风装上了羽毛
又是谁,给阳光安上了翅膀
女儿挥动手臂,把课间多出来的
部分,用力拍了出去
几只鸟儿,立在路旁的电线杆上
好奇而又事不关己的样子
闲看风中细小的事物飘来飘去
手臂挥动,脚步和辫子也随之挥动
爽朗的笑声飘了起来
有风把羽毛吹乱了,还有风
把日落前的心事吹落一地

2020 年 10 月 26 日

雨水正路过我遥远的家乡

大幕低垂时
雨水正路过我遥远的家乡
我的年迈的母亲
不知是在田垄还是山冈
城市喧嚣中,我难以思量

母亲一定在雨水落下时
暗自神伤,并且倍感凄凉
母亲大字不识,从来不知我所谓的语境
从未看见我写下的:
雨水是断了的诗行
她年迈的心中,此时
却一定注满了潮湿的惆怅

大幕低垂时
雨水正路过我遥远的家乡
我的每一滴泪水,母亲
都藏有您内心一万颗太阳
每一滴雨水落下

都深深地把我的思念灼伤

2017年2月25日春日阴雨中

遇　　见

在这个城市的某个街角
车来车往像儿时的溪流
那些年轻的时光幼稚而懵懂
白驹过隙般路过得厉害
把那么多的美好一再错过

在所谓的城市
所有的日子曾经都是拿来错过
擦肩而过的还有红袖添香
刻骨铭心的爱情或颂歌
只在诗词里深藏

琴瑟在御，岁月静好
如果可以，我愿垦一块心田
种植蔬菜水果和甜蜜
并在每一个日暮时分
遇见爱情

2016 年 6 月 13 日

遇 见 羊

在溪边草地上,遇见
一群大大小小的羊
女儿和羊群,不知谁比谁更兴奋
女儿尖叫着跑过去
羊群就尖叫着跑开去
女儿停下来,羊群就停下来
像是在等着女儿去追它们似的
女儿和羊群跑跑停停
叫声里也分不清是谁逗谁

在春天,遇见羊
忽然就忽略了阳光和草地
春风是有的,偶尔吹过来
夹带着新鲜的羊粪味
我还闻出了一丝丝草香

2018年3月21日

阅　　读

方形的书和其中的方块字
正被女儿指尖细微的温度温润

多么安静,黑色的文字
和内心的喜悦一起
逐渐变得圆润而饱满
就像老师说过的颜如玉
纯净、安宁

是的,温润而饱满
诱使你不断往下翻阅
而纸张被翻动发出的脆响
这时又多么像一块金子
轻轻坠地

2017年6月4日福建少儿图书馆

周六下午在至圣书院看书

打开一册书本
就像打开一支莲花

音乐云朵一样低垂
咖啡的气息和书香
不断上升
绕着整个铁皮房子的梁

是的,这个半阴半晴的下午
女儿在翻书,我却在愣愣地
思考一个新问题

宣纸和红纸祭祀般摆上书桌
如果一定有个寓意的话
是不是阅读应该是庄严的仪式

那么,请让我对书
和正在使用书的人
顶礼膜拜

2016 年 12 月 17 日金鸡山

祖国呵,我在十月为您歌唱

北京香山的红叶
涌动着您满腔滚烫的热血
南海蔚蓝的碧波
辉映出您深邃高远的目光
九百六十万平方公里的黄土地
是您永不改变的肤色
十三亿拼搏向上的人民
推动您浩浩荡荡前进的车轮

祖国呵
我在十月为您歌唱

雄关漫道巍然挺拔的长城
书写了您不屈不挠的历史
川流不息激荡昂扬的长江黄河
孕育着您五千年灿烂的文明
史册里那叶南湖醒目的红船
为您走向光明的前程领航
天安门城楼传出的一声湘音
让沉睡的东方和世界惊醒

祖国呵
我在十月为您歌唱

沙头角猎猎飘扬的红旗
是天安门广场上万众注目的红旗
紫荆花开莲花怒放的港澳大地
正给海峡彼岸传去中秋月圆的讯息
这是同根同源的中华民族呵
一声呼唤饱含母亲一生的爱恨

祖国呵
我在十月为您歌唱

2013 年 2 月 28 日

第四辑

远在远方

父亲一直走在乡村小学的路上
我在诗歌的想象中
望着父亲的背影

眼下,他咳一声
我的胸口就紧一下

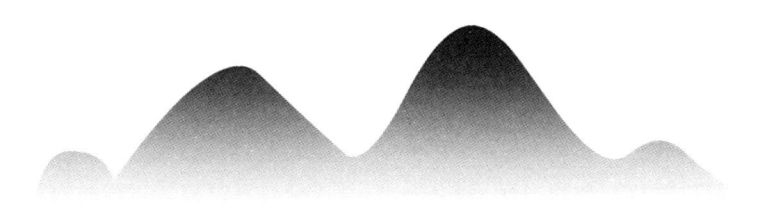

父　亲

父亲走在乡村小学的路上
越过那些昆虫和野鸟
它们认得出父亲
也熟悉他作业纸卷的烟草味

父亲走在乡村小学的路上
村口的老牛紧盯父亲的着急
两种贫困与饥饿
在学校和家庭之间
箭镞般追得他气喘吁吁

父亲走在乡村小学的路上
那些漏雨的教室
是他呕心沥血耕种的田亩
板书中的粉笔越写越短
每一个孩子的身影
却在透过破窗户的阳光下
长成稻穗越来越长

父亲走在乡村小学的路上
沙哑的方言穿过旧瓦片
操场上的茅草白发一样散乱
不断被废弃的教室像病痛
伤到了退休多年的他

父亲一直走在乡村小学的路上
我在诗歌的想象中
望着父亲的背影

眼下，他咳一声
我的胸口就紧一下

2016年6月17日父亲节前夕

捉 迷 藏

推开老家蒙尘的柴门
没看到你

越过你教过书的小学
没看到你

爬上那段你教书走过的坡
没看到你

一拐弯,隔着几重树木竹叶
突然就看到了你

你就在那里,静静地望着我
约好似的,微笑着望着我

心照不宣,相对无言。就像从前
只有一行热泪,替久别重逢拭净你的脸

当我一步跨到跟前,你却又忽然不见

你是不是躲在你名字后面
跟我捉迷藏

2020年2月8日上元之吉时

过年的时光

父亲,我在您往年的牵挂中回来了
满屋子寻找,已不见您的身影

一屁股呆坐在您坐过的地方
才知道没有了您的故乡不再是故乡
从此再也回不到过年的时光

我叫母亲不要在门口贴春联
我怕那些红会让您进不了家门
我们围坐在节日的筵席上
您是否在窗外远远地望着我们

来吧,父亲,我敬您一杯
祝您在天国万事如意

2017 年 2 月 3 日

我愿意您一直为我担心着

夜色中急切的鸟鸣格外揪心
夜空也因此而格外凄凉
父亲似乎告诉过我鸟的名字
可是现在,我急哭了
也没能想起来

这样的夜色多么恐怖
父亲的音容好像开始模糊
如果死去可以见到我的亲父
活着只是一种赎罪

父亲,春天已经来了
我在树下怎么没有撞见你
就像以往许多的夜里
我愿意您一直为我夜归而担心

眼下只有断断续续揪心的鸟鸣
一再让我感到失去您的痛

2017 年 4 月 21 日

我 深 信

这些深邃的宁静，有些凉
立秋之后，深夜的微凉越发深邃
越来越深的思念，在越来越近的日子里
针扎一样把我一再刺痛
却无法治愈我深邃之处的伤
也未能温热去年今日的茶汤

每当山清水秀夜深人静
当我看见远处美丽的鸟儿飞翔
当我与窗前的一只草蜢对视
我深信，父亲，您在深邃的天堂
凝望着我

2017 年 8 月 18 日

痛

父亲说痛的时候,我故意不看他
我想用装的轻松来减轻他的痛
甚至也不是,我是想用轻蔑的眼神与口吻
把所有的痛都吓跑或消灭

我说,父亲,没事的
那只是两个坏小孩在您的骨头里打架
他们爱您也像我爱您
爱得您和我两颗心都痛而已

2016年8月28日龙岩—福州

送别父亲

盒子里,盛装着父亲的灵魂
那些骨灰,只是一种象征
我紧抱着,用体温温暖着父亲
就像当年父亲紧抱着我
走过那个风雨飘摇的桥梁

每一个熟悉的路段走过
我都用心告诉父亲
记忆中那些难忘的生命片段

此时此刻,父亲,您是在回忆过去
还是在浏览变换的窗外风景

而我只想到
父子之间的拥抱
仅此两次

一次,您泪流满面
一次,我泪如雨下

2017 年 5 月 15 日

谁能替我给父亲添衣裳

那年春天我手执白子
一直站在女儿的秋千旁
直到今年的秋风吹弯了大榕树
手中的子还没有落

四月的木棉刚开花
九月的艾草又将要黄
太多的话,来不及细说
揪心的鸟鸣卷着落叶就翻过了岗

秋凉了
谁能替我给父亲添件薄衣裳

2018年9月14日

门前的树叶开始枯黄

门前的树叶开始枯黄
斑斓之下,我暗自神伤
没人知道,一夜之间
它们熬过了怎样的磨难
经受了多少风霜

那些先枯黄的树叶
可曾期待来年的春天
可有我不舍它们一样的不舍
在风中微颤的枝头留恋

枯叶落去,新叶将长
它们却永无相见
相距岂止一个季节
枝丫间无忧的鸟儿也不知道
枯去的黄叶可有失落
新长的绿叶可有怀念

在梦里,我在我亲父的新坟

长跪不起
我想我永世不见的父亲
定是那些枯黄中的一片落叶
可是父亲,您不肯见我最后一面
我要去哪里生长心里的新叶

       2016 年 12 月 10 日深夜

父亲的名字

怎么也没有想到,父亲
你的名字会刻在墓碑上
那么熟悉而温暖的三个字
突然陌生了,并冰冷为抽象的描红

当炉膛的烈火被打开
我轰然跪下,号啕大哭
"那个世界上最爱我的人再也没了"
父亲,炉火把你烧成了鲜红的名字
如今,却是刻在我心头的一道道血痕
扎心地痛,却哭不出来

从此之后,父亲
这血红的名字
成了你留给我的唯一的惦记
而每一声鸦鸣,都连着我彻骨的痛
同时想起墓碑上的名字

2018 年 6 月 17 日

父亲不见了

父亲不见了,一觉醒来
我黯然神伤,在梦里
父亲和我促膝谈心
一如从前,清晰而亲切
手上翻着的旧相册
却沾满灰尘

父亲不见了,就像
树倒下,再也不见鸟儿的踪迹

父亲不见了,我满屋子找
只有梦里的那本旧相册
躲在角落,沾满灰尘

2017 年 3 月 12 日

昨天的悲伤和今天的悲伤连在一起

父亲小时候有个原名。村子里鲜为人知
父亲曾以此告诉我他心酸的身世

早上弟弟来电说，83 岁的伯父走了
那个叫有银的、一生厚道
与世无争的伯父走了
我黯然神伤，不知所以

不知道伯父安详离开的那一刻
是否想起过他那个取名叫有赋的弟弟

当我终于把他们兄弟俩的名字
连在一起，昨天的悲伤就和今天的悲伤
连在了一起，他们两个亲兄弟

给我留下了最大的悲戚
此刻成为思念中最痛的部分

2020 年 4 月 6 日

似曾相识的鸟鸣

我总能在清晨的鸟鸣中
看见故乡熟悉的村庄
看见村庄里日复一日袅袅升起的炊烟
并闻到它们熟悉的气息
就像儿时闻过的父亲指间淡淡的烟草味道

这些似曾相识的鸟鸣
总让我想着一个问题
它们是怎么带着老家的方言和口音
来到这遥远的我的栖居之地的
有时,我也会这样想
它们是不是父亲的信使
絮絮叨叨地跟我说着
人生路途中每一个要注意的事情

这些年,这些似曾相识的鸟鸣
让我睡醒了一个又一个困顿的清晨

2018 年 11 月 18 日

天　塌　了

我猛地跪了下去
心中最大的山轰然倒下
火中取栗的父亲
一声不吭地与我诀别
咫尺天涯，我声泪俱下

天塌了
大雨倾盆

　　　　　　2018年9月18日凌晨，台风暴雨

让雨回到雨中

让雨回到雨中
让风把雨倾斜到父亲弯腰的角度
雨还是云朵的时候,我们就并不陌生
雨水滋养过水草树木
也打湿过春天的那个小松果

许多的雨水落下,成就了江海河流
有一些我从不曾看见
但我知道它们进入了我的房间
我觉着凉爽或潮湿的时候
雨水中更柔软的部分
留在了我因思念而疲惫的眼中

它们像父亲坟前草尖上的露珠一样
晶莹洁净
却总让我看见空洞的悲伤

2018年9月1日

我在又一个春天想您

我掌握了春风
一年一度的春风
在老家的春节按时吹拂

春天的阳光尚在路途
我已早起,点三炷香
敬神敬天地,故乡
以晴暖如春的胸怀待我
我的父亲在大山深处走失
袅袅香火连通慈爱之心
在春风中一起寻访列祖列宗

我来到故乡的山里
在父亲新鲜的名字前
默默说出一年的辛劳和收获
如今在老家的惦记
和每一个节日的仪式
我都将一再情不自禁
以无限的思念祭拜天地

我落泪的一刻

一缕香灰灼痛了我

父亲，我掌握了春风

您掌握了天地

我在又一个春天想您

2018年2月14日

来不及止住时光

——写在 2017 年最后一夜

今夜就要止住
像流水一样的时光
所以要下雨
是细小的雨,润物无声
春梦无痕
为了明天迎一个新年
像要洗净每一个欢喜或忧伤

如果父亲还在
他会在雨中叹息
他总说,逢年过节
一定要天清月朗

今夜就要止住
这雨水,这时光
但是来不及了
父亲走了
新年来了
雨水中又流走了我一年的好时光

2017 年 12 月 31 日

爱一个人，埋在心里

天气凉了
心就会越来越远
群山之巅
回响着熟悉的声音
爱一个人埋在心里
永生之爱，只在天地间找寻

一片树叶在风中飘零
满山遍野的风声
便在你心里喊你
每一片树叶
都是父亲的身影
每一丝风声都是您的气息

爱一个人，便埋在心里
天凉了
从今起，每一阵风
都是您在我身边走过

2017年10月7日

每一瓣花都是春天咳出的血

把四月的每个日子染红
草坪上，大树上
这些春天炽热的鲜血
震撼大地
并顺着慈爱的时光淌下来

这不仅仅是一个植物的理想
把我的思念烧旺
又诞下初夏的清晨的悲凉

太阳升起，眼泪垂落
每一朵木棉花都是春天咳出的血
明天我就要疯了
并在下一个清晨死去
然后复活

2017 年 4 月 17 日

雪和思念在年关开始瘦弱

鹅毛大雪,应该下在内心
在女儿童趣的内心
雪是拿来向往的,在天空飘扬起来

父亲,有一片雪花是您的眼神
思念用它当作信使
女儿看见雪花的时候
我看见了您
永恒的慈爱住进您的心里
像雪一样白,一样的不言不语

群山之巅,雪逐渐瘦弱下去
越来越近的年关
开始隐隐作痛,雪白雪落
我害怕双脚陷进雪地
因为泪水洗不净不断上升的雪

节日的思念也瘦弱下去
没有一丝欢笑可以代替

父亲，雪是拿来向往的
您的微笑阳光一样照暖我
哪怕雪落，每一片
都是您给我的刺骨的爱

2017年1月19日浙江安吉

父亲,我们骗了您

很久以来,我的心很乱
父亲,我们骗了您

比您的病痛更让我们心痛的
是我们不得不篡改病历
以安抚的名义哄骗您

直到最后,我们都没有
说出那个痛心的事实

2017年1月5日

父亲把我丢在了阳光里

我要把所有的灯光打开
我要赶走夜里所有的黑暗
父亲把我丢在了阳光里
独自去阻挡夜里沉重的黑

父亲把我丢在了阳光里
我的人生从此没有了阴雨
我的泪水沸腾
一遍一遍地洗净我的心灵

父亲说起过永定河桥上的风雨
那些风雨也是一种黑暗
它们差一点吞噬了风雨中飘摇的父子
许多的黑暗一直追着父亲
从骨瘦如柴到白发苍苍
想起那些黑暗,父亲感叹不已

父亲把我丢在了阳光里
永不回头地走向那些黑暗

我只能用号啕大哭推一把父亲
父亲！穿过那些黑暗
天堂的阳光将永远照耀着您

2016 年 12 月 28 日

父亲一直走在大山之间

一座山,在梦里矗立
他是苍翠的,连着另一座山
山山相连,像一个广阔的绿色天堂
父亲在山里不停地走着
用一根松针剔牙,用另一只手
夹一根出生地带来的香烟

在大山之间,父亲一直走着
那里有许多的单人校
父亲一个接着一个地走
就像熟悉的田亩,牵挂在心间
那么多的孩子和童真让他留恋

走在连绵不绝的大山之间
父亲神清气爽
歇脚的时候,放眼四方
满目苍翠让父亲面带笑容
还有一些幸福,来自阵阵微风
以及它们带来的一丝松香

父亲一直走在大山之间

他的汗水山泉般流淌

偶尔清唱的歌声在山间回响

我的梦也一直在大山之间萦绕

只有一根松针偶尔扎痛了我

       2016 年 12 月 1 日

父亲看见了初冬的暖阳

父亲看见了初冬的暖阳
树上的绿叶依然翠绿
草地上的鸟儿依然闲悠
父亲在日出之前出了远门
他在阳光下迈开脚步
他的悠闲在儿子的内心
小鸟也看见了枝上的嫩叶

父亲是天生的浪漫主义
他曾为许多树木操心
也为那些小鸟喂食
他总以善良安慰自己的内心
也小心翼翼地培育子女的善良

父亲看见了初冬的暖阳
也就看见了奔跑的泪水
父亲在阳光下不停地回头
就像挂念那些随风飘摇的绿叶
他始终放不下

家中那些永远懵懂的少年

在树荫之间,我闻到父亲的气息
天高气爽,如果暖阳照下来
那些幸福的味道,如草叶的香
刹那间让我饱含着泪水
回到父亲喊声里奔跑的春天

        2016 年 11 月 14 日

七　日

整整七日，您独自躺着
安静而孤寂，就像躺了四十年
单人校的木板床
踏实，安详
您独自在安静的梦里
总结教书育人的那些真理

您独自安静地睡下
一如从前，从不愿意打扰别人
您收起咳嗽，也收起鼾声
就像上完课了，收起教案本
您收起亲友的祝福
了无挂碍，安静地休息

您独自云游，在梦里
这是您常年养成的习惯
您在西湖左海遇见的松鼠
回来了，还有去年的喜鹊
想必它们正在您的梦里

像熟悉的伙伴轻轻呼唤着您

多么坦然与平静，像一座山
因着一生的善良与谦卑
您踏实而安详地睡了
整整七日，世界静下来
没有一丝纷扰打搅您

2016 年 10 月 10 日

祭 父 词

我收集香烟给您抽的时候
支气管扩张说您厌恶烟味了
我买来红酒给您降血压的时候
高血糖让您浅尝辄止
我找来好茶要与您对饮的时候
一罐罐的中草药填满了您的胃口
我收拾行李要和您相见的时候
您突然撒手远去了

爸爸啊
您用尽一生的善良、谦卑和爱
只为这最后一次的决绝吗
爸爸，请您最后一次
用讲台上嘶哑的嗓音告诉我
您如此狠心地扯断你我
今生的父子情缘
您要让我心如刀绞而滚落的泪水
如何收回

2016 年 9 月 19 日

爸爸，我们就此分手吧

爸爸，我们就此分手吧
南海的天那么蓝
救苦救难的观世音在那里
照看着你我美好的前世今生
南海的海那么那么的蓝
蓝得就像您第一次上讲台的眼神
您就到遥远的那里去支教吧
想您的时候我们漂洋过海去看您

爸爸，我们就此分手吧
童年的歌声落在了老家
那些小溪里的鱼儿等您去饲养
屋后的树木等您看着它发芽
我们想您的时候就请个假
回到老家和您说些无聊的话

爸爸，我们就此分手吧
把您曾经挑过我的担子擦一擦
挑上一些您喜欢的诗词书画

把您硬朗的背影永远留给我
用您还稳健的步伐去走天涯

2016年7月15日泉州

回　　家

七月在七月里艰难地往返
经年不愈的病痛像捣乱的孩子
在老家揪着您，也揪着我
时不时地蹿出来
在憔悴的心幕上乱涂乱画

那么古朴的一棵大榕树
曾经让您那么的欢喜有加
在天元花园，您说您的心思
尽在这棵大榕树上
您平稳的鼾声也如鸟声蝉鸣

其实，世界那么大
我要带您一处一处地去看
趁夜幕尚未完全降临
爸爸，让我搭上您的手
握紧一缕霞光
用今生之爱，点一粒魔豆
把唯一的念想植入心田

"大病初愈,爸爸,我们回家"

2016年8月5日

这个四月是多雨的四月

太阳老去了,雨水覆盖我的忧伤
惊悚的小翠鸟在十米开外
他们是美好的一对
却拒绝我美好的邀请
春茶香飘,对饮一杯可好

天空辽阔,星光遁去
一闪一闪的
只是窗前的树叶
伴随着时光他们也将落下
仅仅只是被我偶尔写进诗行

这个四月是多雨的四月
它的痛来自春天
它的痛让我措手不及
可是四月还是春天的四月
您在深夜咳一声
我就可以醒着,直到
看见天亮的明天

2016 年 4 月 26 日

附　录

请给他天使的一根肋骨

——读马建荣诗集《大地辽阔》

胡茗茗

相对于一个我从未谋面的诗人马建荣来讲，从文本意义上去认识一位诗人是一桩饶有意味的事情。似乎作者是个辽阔与温暖的人，热爱自然；似乎他对这个世界有从上向下俯视的态度并喃喃自语，流露出很强烈的思考和沉默意识。说到底，诗人要解决的问题无非两个：理解自身，和自身对话；理解时代，和时代对话。

我是在一个雨夜阅读到他的一批诗歌的，"想起落叶飘零这个词语/突然在夜里就瞟见了风吹草动"，诗人在诗中提到了一种自然与人的观照关系，其间的刺痛、柔软、叹息、沉默等复杂情感跃然纸上。"你拔不出轻薄的头颅和思想/看不见的池底全都是刺/柔软的冰凉的是你的忧伤"，这既是一种诗人的思考与表达，也是时代的一种人文关系的阐述。在此，我也想用一个意象来表达我的想法：到灯塔中去，到孤独的核心去服役……这是我们诗人的活法和姿态。

其实诗人和大多数人一样，买菜，吃饭，逛街，招猫逗狗，熨烫衣服，对着窗外发呆，不同的是，诗人会有一双善于发现的眼睛，发现事物背面的东西，美好或者黑暗，复杂或者皎洁，然后把它写出来，好好写，写清楚，诚实一些，具体一些，相信细节在文本中自带的力量。持平常心，做平常人，写不平常的诗，于是诗人写道："我从内心出发，影子却困在原地/当我一伸手，自己都不见了踪影。"有感触，很细腻，很诚实，毕竟诗歌是最做不得假的。他说："请给他天使的一根肋骨/沾上我生命的最后一滴血/为他身下的这个星球画一个护身符。"他说："云只待在高处/云将天空变得更低//阳光也只是让云呈现/本来的白/并在蓝天下交出轻。"笔笔生力，搭在关节处，于无中生有中，有人与自然、人与存在、人与命运那一种不得不的认同感。

诺贝尔获奖作者古尔纳曾说："写作并不是要告诉人们他们绝对不知道的事情，人们可能知道这些事情，但是要找到一种方法，用让人无法逃避、必须直视的方式说出来。"说到底，当我们谈论诗歌的时候，我们不仅仅是在讨论文字的艺术，我们在探讨一种生活的态度、一种对世界的深情告白。我欣喜地看到作者很多诗歌书写亲情，都是贴着皮肤的温度而写，很能打动人。对词语的捕捉建立在刻骨铭心的生命体验和对人世的怜惜悲悯之上，因此，这样的词语是可靠的。可以说，是疼痛感使我们与优秀的诗歌相逢。

亲情是永恒的诗歌主题，也是每一位诗人绕不过去的基本功。越浓郁的感情越要收着写，忍着写，压着写，给它一个压力的结果就是最后的喷发。比如"我在诗歌的想象中/望着父亲的背影""明天我就要疯了/并在下一个清晨死去/然后复活"。深情永远如大海，真挚的绵长的爱就是大海腹腔里的海绵。我相信这时候，人不再靠语言和"物"交流，而是启动全身的感官器官去触摸、感知、对话。我认同诗歌就是一种疯狂的平衡技术，控制到无法控制，真实的一面自然就会呈现。我们知道，人生是有无数伤口横在前面的，人的不完满，是人的一种常态，人的有限性的存在，是人必须面对的困惑。作者在其诗歌中力图拨云见日。面对现实真实存在的问题，不断将其剥离并不断治愈一个个伤口的，那肯定是诗歌。马建荣使用挪用、拼贴、组合之类的写法，来抒写自己对于生命和人世的理解。生命的孤独和悲苦，使诗歌具有了自我的文化精神向度。作者选取的一系列生活镜头，无非是贯穿其中的"爱"，只字不提爱也是爱意满怀，越朴素越繁盛，越无修辞越是语言的狂欢。

诗，本身不仅是语言，不仅是经验，甚至不仅是抒情，它就在你想说又说不清的那一部分里，在事物停顿的空白里，在你的心被扎疼的感知里，静静地待着，等着你被上帝选中做他的代言者。每个诗人都有自己的故事要讲，它既可以是简单的，也可以是复杂的，它可以温柔如细雨，也可以强烈如风暴。它是我们对世界的回应，是我们对存在意义的追问。正如我较为欣赏作者的一句诗"最后一个象征之词被心中的王/脱口而出"，仅此，便可将作品与众多诗作区分开来。写作就是区分，是语言、信仰和文化差异的区分，也是经历和表达的区分，还是好诗和平庸之作的区分。优秀的诗人不关心真理，只关心个别。

很高兴有机会欣赏到一位成熟的诗人的成熟之作，但我想在最后提一个建议，对于成熟诗人来讲，越是成熟越是要避免过于成熟，相反要有颗粒感、笨拙感，把诗写得不那么像诗。

诗歌必须通向某个地方，那么我们顺着马建荣的诗歌通向一种沉稳叙述、老练而且痛感克制，通向他自我表达的对应物：一根天使的肋骨。

诗歌就是这样。

(作者系著名诗人,文学创作一级作家)

统驭意象的诗者

——马建荣《爱情或颂歌》序

孙绍振

马建荣曾经把他的诗集寄给我，由于忙，不及细读。

这回他的又一本诗集的原稿又放到了我的桌上，读之有点惊异。一般的作者编诗集，都把自己最好的诗放在第一辑，但马建荣却把最差的放在开头。如果是个没有耐心的读者，只读三五首，便会留下一个"在和散文的句法和逻辑搏斗中；往往和散文妥协"的印象。值得庆幸的是，我的耐心比一般读者多一些。当我读到《我的诗歌》的时候，突然感到，作者并不是一个初学者。接下去的几首更是颇有水平。越读下去，我的印象越好，惊异、喜悦之情油然而生。原来在那商品潮汹涌澎湃的石狮，居然还有这么一个建构起自己的超脱的、飘逸的感觉世界，统驭着自己意象系列的诗人。

在马建荣的许多诗中，他显示了一种独特的风格。这种风格在上编《颂歌，献给亲人》的结尾处的如《走进金秋》《家园》《卖衣人》中已经露出了端倪。他的风格有时以警策见长，如《卖衣人》的最后两行："你出卖称心出卖亮丽/但不出卖市侩的自己。"但是马建荣的全部诗作并不以思想的警策见长。相反，那些词锋锐利的作品如《我的诗歌》《这一生》并不是他最成熟的作品。他的风格是自由的、自在的、放松的，而不是剑拔弩张的。许多诗人，尤其是初学者很容易滥用比喻，他却很少用比喻。即使偶尔用一点，也不是为了浪漫地强化、激化情感，而是为了表现情感的自如和自然。

他最大的长处是驾驭平凡的，甚至平淡的、自然的意象，用一种并不激动并不渲染的语言进行独白。在他的诗中很少有抒情诗常有的夸张、作态。他擅长的是一种看似叙述的平静语调。许多年轻诗人在所难免的烟火之气，在他比较成熟的诗中都被提炼得相当纯净。在《爱情，紫色的诱惑》一辑中，他对宁静而深沉的境界有刻意的追求。《渴望雪》写的是爱情的渴望，而且是强化的激情，但是语调都很平静。平静如果没有深厚的情感作为后盾，就可能变成平淡，有了比较深厚的情感就可能变得深沉。马建荣的长处正是在平静中见深沉。比如《渴望雪》：

> 这时候我渴望一场雪
> 那是我最初纯粹的思想
> 遍地莹白
> 惊起远方所有的足迹

马建荣自然是要表现激动的，但是他不喜欢肤浅的表面的俗套，他追求的是一种单纯的、深沉的意味。他善于把平常的看来是信手拈来的自然意象放在他自由的甚至是随意的逻辑之中。这种逻辑超越了日常时间和空间的连续性和逻辑的因果性，而显出一种特别的情趣：

当稻草以最后一瞬风姿
招摇阳光中的秋天
我心旷神怡　走近田野
平和的目光串起一袭谷物
我已知晓农人的收成
并想着要感谢这个季节

马建荣的情绪善于在印象上流连，一任印象在情绪策动下自由地浮动，但又不是意识流，也不是感觉之流，而是感觉的浮游与情绪的若即若离的对应与错位，好像泼墨画家的笔，不在线条明晰处，而在烟云弥漫处作淋漓的挥洒，但又尽量避免过分张扬，因而马建荣似乎有意回避作惊人之语，尤其不作英雄语。他最热衷的是迷蒙的意象、断续的思绪。

所有这一切都是马建荣风格的标志，也是马建荣的局限所在。也许正是因为马建荣太热爱他所建构的这个意象迷离的世界了，也许他太熟练地驾驭着这种纷纭的变幻的意象了，有时给人一种毫不费劲地自由飘浮之感，因而也就带来了一个问题，那就是在必要时缺乏一定的深度。虽然他的思绪有时有某种深沉的调子，但却总是不够深刻。而个别篇章有了一些深刻而警策的句子时，又缺乏丰满的感觉和意象。

这就说明马建荣还不太成熟，在艺术上他还有很长的路要跋涉。他有生气勃勃的一面，也有软弱的一面。他已经在诗国的天宇占据了一个位置，但是，在那璀璨星汉之中，他的光华还没有达到非常耀眼的程度。因为他的形象和思绪都以单纯见长，有时单纯到有些弱的程度。这可能与他的诗歌修养的来源单纯有关。

虽然，除了当代诗歌以外，他也许还受过拉丁语系诗歌、西班牙路尔伽的谣曲和抗战期间陈辉等年轻诗人甚至林庚的影响，但我想除此之外，他如果有更广泛的涉猎，那么，他的思绪的广度，他对社会心理的感应就可能更丰富一些，更独特一些，更深刻一些。

（作者系著名评论家、中国文艺理论学会副会长、福建师大资深教授）

探索者的进展

孙绍振

马建荣这几年在诗的追求上是非常勤恳的。前几年，他出过诗集，我曾为他写过序。这一阵，看他的诗作很明显有了进展。

表面上看来，马建荣是很矛盾的：一方面，他有某种传统的热情，他的语言（或话语）有通向社会价值的一面，例如《祖国》的最后一节"晚风轻拂/江河日流/五十六条神龙/五十六个弟兄/大地之上/鲜花中国/祖国啊/我用我美好的心脏/为你歌唱"。这使我们想起了20世纪五六十年代的颂歌。但是马建荣显然不是一个以政治社会激情见长的诗人。他的特点、他的个性在另一方面，也就是追求充分个人化生命体验的方面展示得更为鲜明。例如《活着》的最后一节：

> 活着也真是有趣
> 有时候我们仅仅
> 一边亲着孩子的脸
> 一边研究生与死的差别

这种辨析生命与死亡的敏感是以生命本身，而不是从其社会政治价值出发的。这正是马建荣的探索的中心所在。

他是属于舒婷以后的那一代新人之列的,他没有舒婷式的对社会人生价值的沉思,只有对生命本身的玩味。但是他又不像一些同代人那样,陷于虚无;他以他的天真的热情和深层的体验见长。在他的诗中,充满了亮丽的意象,诸如"雪啊,在冬天里亮起来/在爱情中燃烧"和"在春天即将到来的时刻/黎明的鸟声也更加纯粹"。也许当一个粗心的读者读到:

十月啊,风中的美女和鲜花
踩着黄金的质地姗姗而来

并没有感到十分新鲜,但是就在这些平常的带有传统色彩意象的组合中,马建荣常常有只属于他特有的感觉和情绪。在马建荣许多诗作中并不回避通用的意象,但在意象的组合跳跃和充满断层的关系中,马建荣表达了他自己。如《河流》:

一千个美女在浣纱
一个帝王在流浪
把爱情珍藏
又把美女忧伤

在这看来情绪和意象跳跃跨度很大的诗行中,马建荣进行颇有广度的概括,为了达到独特的概括,他不惜采用某些超现实主义的手法,在怪诞中构成他自己的内心图景:

一炽太阳照在上方

另一颗太阳
死死跟着我

读这样的句子,你会感到某种警策的兴奋。虽然你很难用通常的逻辑来"翻译"它的内涵,但是在通篇中却能发现它贯注着一种和谐的生气,它怪诞的意象和断裂的关系中有统一的情绪和形式的完整,特别是当你读到这样的结尾:

梦开始的地方
诗开始的地方
爱情一季季金黄
一个诗人
一个帝王
隔着河流
各霸一方

这里有诗人对文化历史的理解,对生活的解析,令人想起余秋雨在散文《三峡》中写到三峡怒涛时,他说他听到了争辩,那是"'诗情和战火',对大自然的朝觐和山河主宰权的争逐"。马建荣自然不可能这么明确,但他肯定感到了类似的情绪和主题的内在冲突。

马建荣的可令人注意之处在于他往往善于在平凡的大自然意象中找到自己,赋予这些意象以自己的意味,并且以他特有的那种"七零八落"的组合方式,对读者的想象进行着富于弹性的诱导。

马建荣的大部分诗与他过分叛逆的同辈相比，并不太艰涩，这得力于他非常从容地营造诗境，他那零零落落的意象组合方式给了他自由，也给了有修养的读者以补充想象的自由，比之那些过分拘泥于传统的青年作者，马建荣显然要独特一些，也深沉一些。

当然，马建荣要达到成熟还有很长一段路要走。首先，他的意象还不够丰富，大部分来自大自然和田野，虽然在组合方式上，他赋予它们以新的意味，但毕竟天地还不够广阔。其次，有些平凡的意象，意味是非常独特了，但是与日常的意味距离比较遥远，其内涵浮动性相当大，对于许多读者来说可能会成为沟通的障碍。这种障碍的克服，自然不能全指望读者的努力，也有待作者的妥协。如在《诗人们离开村庄》中有这么一句很能代表马建荣创造力的奇句：

在风中，一只鸟用一只
翅膀飞翔

这是意味深长的，令人浮想联翩的，但其意味和浮想的潜在能量却可能因浮动性太大引起读者的困惑而不能充分发挥。自然这不仅是马建荣的问题，而且也是许多有才华的新一代诗人的问题。作为诗的爱好者，我们有充分耐心期待他们在这世纪之交做出新的探索。

（作者系著名评论家、中国文艺理论学会副会长、福建师大资深教授）